朱自清学术文选

朱自清 著

回望朱自清

古吴轩出版社

中国·苏州

图书在版编目（CIP）数据

朱自清学术文选 / 朱自清著 . — 苏州：古吴轩出版社，2018.8（2022.1 重印）
（回望朱自清）
ISBN 978-7-5546-1220-0

Ⅰ . ①朱… Ⅱ . ①朱… Ⅲ . ①中国文学－文学研究－文集
②文化研究－中国－文集 Ⅳ . ① I206-53 ② G12-53

中国版本图书馆 CIP 数据核字（2018）第 202092 号

责任编辑：蒋丽华
见习编辑：沈师仔
策　　划：罗路晗
封面题签：葛丽萍
装帧设计：鸿儒文轩·书心瞬意

书　　名：朱自清学术文选
丛书主编：陈　武
著　　者：朱自清
出版发行：古吴轩出版社
　　　　　地址：苏州市八达街 118 号苏州新闻大厦 30F　邮编：215123
　　　　　电话：0512-65233679　　　　　　　　　　传真：0512-65220750
出 版 人：尹剑峰
印　　刷：三河市华东印刷有限公司
开　　本：787×1092　1/32
印　　张：7
版　　次：2018 年 8 月第 1 版
印　　次：2022 年 1 月第 2 次印刷
书　　号：ISBN 978-7-5546-1220-0
定　　价：38.00 元

如有印装质量问题，请与印刷厂联系。电话：010-85717689

编者说明

　　在二十世纪的学术追问中，学者们以其超迈的胸襟为这个骚动的世界留下了一座座学术思想的纪念碑，它赫然篆刻着：重建文化，再铸国魂。本书汇集了朱自清先生对文学、文化、诗歌等方面的独到见解，先生用浅明而切实的文字，要言不烦地介绍了我国文化遗产中的经典作品。全书见解精辟，通俗流畅，深入浅出，体现了朱自清先生治学"谨严而不繁琐，专门而不孤僻"的特征。

　　在编辑本书时，我们以1983年三联书店出版的《论雅俗共赏》、2011年岳麓书社出版的《语文零拾》《诗言志辨》《标准与尺度》中的部分篇目为底本，对于当时的翻译词汇、"象""意""那"等词的用法及标点的运用则仍保持先生的原文。由于编者能力有限，有不足之处，敬请读者指正。

2018 年 7 月

目录

论雅俗共赏

陶渊明有"奇文共欣赏，疑义相与析"的诗句，那是一些"素心人"的乐事，"素心人"当然是雅人，也就是士大夫。这两句诗后来凝结成"赏奇析疑"一个成语，"赏奇析疑"是一种雅事，俗人的小市民和农家子弟是没有份儿的。然而又出现了"雅俗共赏"这一个成语，"共赏"显然是"共欣赏"的简化，可是这是雅人和俗人或俗人跟雅人一同在欣赏，那欣赏的大概不会还是"奇文"罢。这句成语不知道起于什么时代，从语气看来，似乎雅人多少得理会到甚至迁就着俗人的样子，这大概是在宋朝或者更后罢。

原来唐朝的安史之乱可以说是我们社会变迁的一条分水岭。在这之后，门第迅速的垮了台，社会的等级不象先前那样固定了，"士"和"民"这两个等级的分界不象先前的严格和清楚了，彼此的分子在流通着，上下着。而上去的比下来的多，士人流落民间的究竟少，老百姓加入士流的却渐渐多起来。王侯将相早就没有种了，读书人到了这时候也没有种了；只要家里能够勉强供给一些，自己有些天分，又肯用功，就是个"读书种子"；去参加那些公开的考试，考中了就有官做，至少也落个绅士。这种进展经过唐末跟五代的长期的变乱加了速度，到宋朝又加上印刷术的发达，学校多起来了，士人也多起来了，士人的地位加强，责任也加重了。这些士人多数是来自民间的新的分子，他们多少保留着民间的生活方式和生活态度。他们一面学习和享受那些雅的，一面却还不能摆脱或蜕变那些俗的。人既然很多，大家是这样，也就不觉其寒尘；不但不觉其寒尘，还要重新估定价值，至少也得调整那旧来的标准与尺度。"雅俗共赏"似乎就是新提出的尺度或标准，这里并非打倒旧标准，只是要求那些雅士理会到或迁就些俗士的趣味，好让大家打成一片。当然，所谓"提出"和"要求"，都只是不自觉的看来是自然而然的趋势。

中唐的时期，比安史之乱还早些，禅宗的和尚就开始用口语记录大师的说教。用口语为的是求真与化俗，化俗就是争取群众。安史乱后，和尚的口语记录更其流行，于是乎有了"语录"这个名称，"语录"就成为一种著述体了。到了宋朝，道学家讲学，更广泛的留下了许多语录；他们用语录，也还是为了求真与化俗，还是为了争取群众。所谓求真的"真"，一面是如实和直接的意思。禅家认为第一义是不可说的，语言文字都不能表达那无限的可能，所以是虚妄的。然而实际上语言文字究竟是不免要用的一种"方便"，记录文字自然越近实际的、直接的说话越好。在另一面这"真"又是自然的意思，自然才亲切，才让人容易懂，也就是更能收到化俗的功效，更能获得广大的群众。道学主要的是中国的正统的思想，道学家用了语录做工具，大大的增强了这种新的文体的地位，语录就成为一种传统了。比语录体稍稍晚些，还出现了一种宋朝叫做"笔记"的东西。这种作品记述有趣味的杂事，范围很宽，一方面发表作者自己的意见，所谓议论，也就是批评，这些批评往往也很有趣味。作者写这种书，只当做对客闲谈，并非一本正经，虽然以文言为主，可是很接近说话。这也是给大家看的，看了可以当做"谈助"，增加趣味。宋朝的笔记最发达，当时盛行，流传下来的也很多。目录家将这种笔记归在"小说"项下，近代书店汇印这些笔记，更直题为"笔记小说";中国古代所谓"小说",原是指记述杂事的趣味作品而言的。

那里我们得特别提到唐朝的"传奇"。"传奇"据说可以见出作者的"史才、诗、笔、议论",是唐朝士子在投考进士以前用来送给一些大人先生看,介绍自己,求他们给自己宣传的。其中不外乎灵怪、艳情、剑侠三类故事,显然是以供给"谈助",引起趣味为主。无论照传统的意念,或现代的意念,这些"传奇"无疑的是小说,一方面也和笔记的写作态度有相类之处。照陈寅恪先生的意见,这种"传奇"大概起于民间,文士是仿作,文字里多口语化的地方。陈先生并且说唐朝的古文运动就是从这儿开始。他指出古文运动的领导者韩愈的《毛颖传》,正是仿"传奇"而作。我们看韩愈的"气盛言宜"的理论和他的参差错落的文句,也正是多多少少在口语化。他的门下的"好难""好易"两派,似乎原来也都是在试验如何口语化。可是"好难"的一派过分强调了自己,过分想出奇制胜,不管一般人能够了解欣赏与否,终于被人看做"诡"和"怪"而失败,于是宋朝的欧阳修继承了"好易"的一派的努力而奠定了古文的基础。——以上说的种种,都是安史乱后几百年间自然的趋势,就是那雅俗共赏的趋势。

宋朝不但古文走上了"雅俗共赏"的路，诗也走向这条路。胡适之先生说宋诗的好处就在"做诗如说话"，一语破的指出了这条路。自然，这条路上还有许多曲折，但是就象不好懂的黄山谷，他也提出了"以俗为雅"的主张，并且点化了许多俗语成为诗句。实践上"以俗为雅"，并不从他开始，梅圣俞、苏东坡都是好手，而苏东坡更胜。据记载，梅和苏都说过"以俗为雅"这句话，可是不大靠得住；黄山谷却在《再次杨明叔韵》一诗的"引"里郑重的提出"以俗为雅，以故为新"，说是"举一纲而张万目"。他将"以俗为雅"放在第一，因为这实在可以说是宋诗的一般作风，也正是"雅俗共赏"的路。但是加上"以故为新"，路就曲折起来，那是雅人自赏，黄山谷所以终于不好懂了。不过黄山谷虽然不好懂，宋诗却终于回到了"做诗如说话"的路，这"如说话"，的确是条大路。

雅化的诗还不得不回向俗化，刚刚来自民间的词，在当时不用说自然是"雅俗共赏"的。别瞧黄山谷的有些诗不好懂，他的一些小词可够俗的。柳耆卿更是个通俗的词人。词后来虽然渐渐雅化或文人化，可是始终不能雅到诗的地位，它怎么着也只是"诗余"。词变为曲，不是在文人手里变，是在民间变的；曲又变得比词俗，虽然也经过雅化或文人化，可是还雅不到词的地位，它只是"词余"。一方面从晚唐和尚的俗讲演变出来的宋朝的"说话"就是说书，乃至后来的平话以及章回小说，还有宋朝的杂剧和诸宫调等等转变成功的元朝的杂剧和戏文，乃至后来的传奇，以及皮簧戏，更多半是些"不登大雅"的"俗文学"。这些除元杂剧和后来的传奇也算是"词余"以外，在过去的文学传统里简直没有地位；也就是说这些小说和戏剧在过去的文学传统里多半没有地位，有些有点地位，也不是正经地位。可是虽然俗，大体上却"俗不伤雅"，虽然没有什么地位，却总是"雅俗共赏"的玩艺儿。

"雅俗共赏"是以雅为主的，从宋人的"以俗为雅"以及常语的"俗不伤雅"，更可见出这种宾主之分。起初成群俗士蜂拥而上，固然逼得原来的雅士不得不理会到甚至迁就着他们的趣味，可是这些俗士需要摆脱的更多。他们在学习，在享受，也在蜕变，这样渐渐适应那雅化的传统，于是乎新旧打成一片，传统多多少少变了质继续下去。前面说过的文体和诗风的种种改变，就是新旧双方调整的过程，结果迁就的渐渐不觉其为迁就，学习的也渐渐习惯成了自然，传统的确稍稍变了质，但是还是文言或雅言为主，就算跟民众近了一些，近得也不太多。

至于词曲，算是新起于俗间，实在以音乐为重，文辞原是无关轻重的；"雅俗共赏"，正是那音乐的作用。后来雅士们也曾分别将那些文辞雅化，但是因为音乐性太重，使他们不能完成那种雅化，所以词曲终于不能达到诗的地位。而曲一直配合着音乐，雅化更难，地位也就更低，还低于词一等。可是词曲到了雅化的时期，那"共赏"的人却就雅多而俗少了。真正"雅俗共赏"的是唐、五代、北宋的词，元朝的散曲和杂剧，还有平话和章回小说以及皮簧戏等。皮簧戏也是音乐为主，大家直到现在都还在哼着那些粗俗的戏词，所以雅化难以下手，虽然一二十年来这雅化也已经试着在开始。平话和章回小说，传统里本来没有，雅化没有合式的榜样，进行就不易。《三国演义》虽然用了文言，却是俗化的文言，接近口语的文言，后来的《水浒》《西游记》《红楼梦》等就都用白话了。不能完全雅化的作品在雅化的传统里不能有地位，至少不能有正经的地位。雅化程度的深浅，决定这种地位的高低或有没有，一方面也决定"雅俗共赏"的范围的小和大——雅化越深，"共赏"的人越少，越浅也就越多。所谓多少，主要的是俗人，是小市民和受教育的农家子弟。在传统里没有地位或只有低地位的作品，只算是玩艺儿；然而这些才接近民众，接近民众却还能教"雅俗共赏"，雅和俗究竟有共通的地方，不是不相理会的两橛了。

单就玩艺儿而论，"雅俗共赏"虽然是以雅化的标准为主，"共赏"者却以俗人为主。固然，这在雅方得降低一些，在俗方也得提高一些，要"俗不伤雅"才成；雅方看来太俗，以至于"俗不可耐"的，是不能"共赏"的。但是在什么条件之下才会让俗人所"赏"的，雅人也能来"共赏"呢？我们想起了"有目共赏"这句话。孟子说过"不知子都之姣者，无目者也"，"有目"是反过来说，"共赏"还是陶诗"共欣赏"的意思。子都的美貌，有眼睛的都容易辨别，自然也就能"共赏"了。孟子接着说："口之于味也，有同嗜焉；耳之于声也，有同听焉；目之于色也，有同美焉。"这说的是人之常情，也就是所谓人情不相远。但是这不相远似乎只限于一些具体的、常识的、现实的事物和趣味。譬如北平罢，故宫和颐和园，包括建筑，风景和陈列的工艺品，似乎是"雅俗共赏"的，天桥在雅人的眼中似乎就有些太俗了。说到文章，俗人所能"赏"的也只是常识的、现实的。后汉的王充出身是俗人，他多多少少代表俗人说话，反对难懂而不切实用的辞赋，却赞美公文能手。公文这东西关系雅俗的现实利益，始终是不曾完全雅化了的。再说后来的小说和戏剧，有的雅人说《西厢记》诲淫，《水浒传》诲盗，这是"高论"。实际上这一部戏剧和这一部小说都是"雅俗共赏"的作品。《西厢记》无视了传统的礼教，《水浒传》无视了传统的忠德，然而"男女"是"人之大欲"之一，"官逼民反"，也是人之常情，梁山泊的英雄正是被压迫的人民所想望的。俗人固然同情这些，一部分的雅人，跟俗人相距还不太远的，也未尝不高兴这两部书说出了他们想说而不敢说的。这可以说是一种快感，一种趣味，可并不是低级趣味；这是有关系的，也未尝不是有节制的。"诲淫""诲盗"只是代表统治者的利益的说话。

　　十九世纪二十世纪之交是个新时代，新时代给我们带来了新文化，产生了我们的知识阶级。这知识阶级跟从前的读书人不大一样，包括了更多的从民间来的分子，他们渐渐跟统治者拆伙而走向民间。于是乎有了白话正宗的新文学，词曲和小说戏剧都有了正经的地位。还有种种欧化的新艺术。这种文学和艺术却并不能让小市民来"共赏"，不用说农工大众。于是乎有人指出这是新绅士也就是新雅人的欧化，不管一般人能够了解欣赏与否。他们提倡"大众语"运动。但是时机还没有成熟，结果不显著。抗战以来又有"通俗化"运动，这个运动并已经在开始转向大众化。"通俗化"还分别雅俗，还是"雅俗共赏"的路，大众化却更进一步要达到那没有雅俗之分，只有"共赏"的局面。这大概也会是所谓由量变到质变罢。

（《观察》）

论百读不厌

前些日子参加了一个讨论会，讨论赵树理先生的《李有才板话》。座中一位青年提出了一件事实：他读了这本书觉得好，可是不想重读一遍。大家费了一些时候讨论这件事实。有人表示意见，说不想重读一遍，未必减少这本书的好，未必减少它的价值。但是时间匆促，大家没有达到明确的结论。一方面似乎大家也都没有重读过这本书，并且似乎从没有想到重读它。然而问题不但关于这一本书，而是关于一切文艺作品。为什么一些作品有人"百读不厌"，另一些却有人不想读第二遍呢？是作品的不同吗？是读的人不同吗？如果是作品不同，"百读不厌"是不是作品评价的一个标准呢？这些都值得我们思索一番。

苏东坡有《送章惇秀才失解西归》诗，开头两句是：

　　旧书不厌百回读，熟读深思子自知。

"百读不厌"这个成语就出在这里。"旧书"指的是经典，所以要"熟读深思"。《三国志·魏志·王肃传·注》：

　　人有从（董遇）学者，遇不肯教，而云"必当先读百遍"，言"读书百遍而意自见"。

经典文字简短，意思深长，要多读，熟读，仔细玩味，才能了解和体会。所谓"意自见"，"子自知"，着重自然而然，这是不能着急的。这诗句原是安慰和勉励那考试失败的章惇秀才的话，劝他回家再去安心读书，说"旧书"不嫌多读，越读越玩味越有意思。固然经典值得"百回读"，但是这里着重的还在那读书的人。简化成"百读不厌"这个成语，却就着重在读的书或作品了。这成语常跟另一成语"爱不释手"配合着，在读的时候"爱不释手"，读过了以后"百读不厌"。这是一种赞词和评语，传统上确乎是一个评价的标准。当然，"百读"只是"重读""多读""屡读"的意思，并不一定一遍接着一遍的读下去。

经典给人知识，教给人怎样做人，其中有许多语言的、历史的、修养的课题，有许多注解，此外还有许多相关的考证，读上百遍，也未必能够处处贯通，教人多读是有道理的。但是后来所谓"百读不厌"，往往不指经典而指一些诗，一些文，以及一些小说；这些作品读起来津津有味，重读，屡读也不腻味，所以说"不厌"；"不厌"不但是"不讨厌"，并且是"不厌倦"。诗文和小说都是文艺作品，这里面也有一些语言的和历史的课题，诗文也有些注解和考证；小说方面呢，却直到近代才有人注意这些课题，于是也有了种种考证。但是过去一般读者只注意诗文的注解，不大留心那些课题，对于小说更其如此。他们集中在本文的吟诵或浏览上。这些人吟诵诗文是为了欣赏，甚至于只了了消遣，浏览或阅读小说更只是为了消遣，他们要求的是趣味，是快感。这跟诵读经典不一样。诵读经典是为了知识，为了教训，得认真，严肃，正襟危坐的读，不象读诗文和小说可以马马虎虎的，随随便便的，在床上，在火车轮船上都成。这么着可还能够教人"百读不厌"，那些诗文和小说到底是靠了什么呢？

在笔者看来，诗文主要是靠了声调，小说主要是靠了情节。过去一般读者大概都会吟诵，他们吟诵诗文，从那吟诵的声调或吟诵的音乐得到趣味或快感，意义的关系很少；只要懂得字面儿，全篇的意义弄不清楚也不要紧的。梁启超先生说过李义山的一些诗，虽然不懂得究竟是什么意思，可是读起来还是很有趣味（大意）。这种趣味大概一部分在那些字面儿的影象上，一部分就在那七言律诗的音乐上。字面儿的影象引起人们奇丽的感觉；这种影象所表示的往往是珍奇，华丽的景物，平常人不容易接触到的，所谓"七宝楼台"之类。民间文艺里常常见到的"牙床"等等，也正是这种作用。民间流行的小调以音乐为主，而不注重词句，欣赏也偏重在音乐上，跟吟诵诗文也正相同。感觉的享受似乎是直接的，本能的，即使是字面儿的影象所引起的感觉，也还多少有这种情形，至于小调和吟诵，更显然直接诉诸听觉，难怪容易唤起普遍的趣味和快感。至于意义的欣赏，得靠综合诸感觉的想象力，这个得有长期的教养才成。然而就象教养很深的梁启超先生，有时也还让感觉领着走，足见感觉的力量之大。

小说的"百读不厌"，主要的是靠了故事或情节。人们在儿童时代就爱听故事，尤其爱奇怪的故事。成人也还是爱故事，不过那情节得复杂些。这些故事大概总是神仙、武侠、才子、佳人，经过种种悲欢离合，而以大团圆终场。悲欢离合总得不同寻常，那大团圆才足奇。小说本来起于民间，起于农民和小市民之间。在封建社会里，农民和小市民是受着重重压迫的，他们没有多少自由，却有做白日梦的自由。他们寄托他们的希望于超现实的神仙，神仙化的武侠，以及望之若神仙的上层社会的才子佳人；他们希望有朝一日自己会变成了这样的人物。这自然是不能实现的奇迹，可是能够给他们安慰、趣味和快感。他们要大团圆，正因为他们一辈子是难得大团圆的，奇情也正是常情啊。他们同情故事中的人物，"设身处地"的"替古人担忧"，这也因为事奇人奇的原故。过去的小说似乎始终没有完全移交到士大夫的手里。士大夫读小说，只是看闲书，就是作小说，也只是游戏文章，总而言之，消遣而已。他们得化装为小市民来欣赏，来写作；在他们看，小说奇于事实，只是一种玩艺儿，所以不能认真、严肃，只是消遣而已。

封建社会渐渐垮了，五四时代出现了个人，出现了自我，同时成立了新文学。新文学提高了文学的地位；文学也给人知识，也教给人怎样做人，不是做别人的，而是做自己的人。可是这时候写作新文学和阅读新文学的，只是那变了质的下降的士和那变了质的上升的农民和小市民混合成的知识阶级，别的人是不愿来或不能来参加的。而新文学跟过去的诗文和小说不同之处，就在它是认真的负着使命。早期的反封建也罢，后来的反帝国主义也罢，写实的也罢，浪漫的和感伤的也罢，文学作品总是一本正经的在表现着并且批评着生活。这么着文学扬弃了消遣的气氛，回到了严肃——古代贵族的文学如《诗经》，倒本来是严肃的。这负着严肃的使命的文学，自然不再注重"传奇"，不再注重趣味和快感，读起来也得正襟危坐，跟读经典差不多，不能再那么马马虎虎，随随便便的。但是究竟是形象化的，诉诸情感的，跟经典以冰冷的抽象的理智的教训为主不同，又是现代的白话，没有那些语言的和历史的问题，所以还能够吸引许多读者自动去读。不过教人"百读不厌"甚至教人想去重读一遍的作品，的确是很少了。

新诗或白话诗，和白话文，都脱离了那多多少少带着人工的、音乐的声调，而用着接近说话的声调。喜欢古诗、律诗和骈文、古文的失望了，他们尤其反对这不能吟诵的白话新诗；因为诗出于歌，一直不曾跟音乐完全分家，他们是不愿扬弃这个传统的。然而诗终于转到意义中心的阶段了。古代的音乐是一种说话，所谓"乐语"，后来的音乐独立发展，变成"好听"为主了。现在的诗既负上自觉的使命，它得说出人人心中所欲言而不能言的，自然就不注重音乐而注重意义了。——一方面音乐大概也在渐渐注重意义，回到说话罢？——字面儿的影象还是用得着，不过一般的看起来，影象本身，不论是鲜明的，朦胧的，可以独立的诉诸感觉的，是不够吸引人了；影象如果必需得用，就要配合全诗的各部分完成那中心的意义，说出那要说的话。在这动乱时代，人们着急要说话，因为要说的话实在太多。小说也不注重故事或情节了，它的使命比诗更见分明。它可以不靠描写，只靠对话，说出所要说的。这里面神仙、武侠、才子、佳人，都不大出现了，偶然出现，也得打扮成平常人；是的，这时代的小说的人物，主要的是些平常人了，这是平民世纪啊。至于文，长篇议论文发展了工具性，让人们更如意的也更精密的说出他们的话，但是这已经成为诉诸理性的了。诉诸情感的是那发展在后的小品散文，就是那标榜"生活的艺术"，抒写"身边琐事"的。这倒是回到趣味中心，企图着教人"百读不厌"的，确乎也风行过一时。然而时代太紧张了，不容许人们那么悠闲；大家嫌小品文近乎所谓"软性"，丢下了它去找那"硬性"的东西。

文艺作品的读者变了质了，作品本身也变了质了，意义和使命压下了趣味，认识和行动压下了快感。这也许就是所谓"硬"的解释。"硬性"的作品得一本正经的读，自然就不容易让人"爱不释手"，"百读不厌"。于是"百读不厌"就不成其为评价的标准了，至少不成其为主要的标准了。但是文艺是欣赏的对象，它究竟是形象化的，诉诸情感的，怎么"硬"也不能"硬"到和论文或公式一样。诗虽然不必再讲那带几分机械性的声调，却不能不讲节奏，说话不也有轻重高低快慢吗？节奏合式，才能集中，才能够高度集中。文也有文的节奏，配合着意义使意义集中。小说是不注重故事或情节了，但也总得有些契机来表现生活和批评它；这些契机得费心思去选择和配合，才能够将那要说的话，要传达的意义，完整的说出来，传达出来。集中了的完整了的意义，才见出情感，才让人乐意接受，"欣赏"就是"乐意接受"的意思。能够这样让人欣赏的作品是好的，是否"百读不厌"，可以不论。在这种情形之下，笔者同意：《李有才板话》即使没有人想重读一遍，也不减少它的价值，它的好。

但是在我们的现代文艺里，让人"百读不厌"的作品也有的。例如鲁迅先生的《阿Q正传》，茅盾先生的《幻灭》《动摇》《追求》三部曲，笔者都读过不止一回，想来读过不止一回的人该不少罢。在笔者本人，大概是

《阿Q正传》里的幽默和三部曲里的几个女性吸引住了我。这几个作品的好已经定论，它们的意义和使命大家也都熟悉，这里说的只是它们让笔者"百读不厌"的因素。《阿Q正传》主要的作用不在幽默，那三部曲的主要作用也不在铸造几个女性，但是这些却可能产生让人"百读不厌"的趣味。这种趣味虽然不是必要的，却也可以增加作品的力量。不过这里的幽默决不是油滑的，无聊的，也决不是为幽默而幽默，而女性也决不就是色情，这个界限是得弄清楚的。抗战期中，文艺作品尤其是小说的读众大大的增加了。增加的多半是小市民的读者，他们要求消遣，要求趣味和快感。扩大了的读众，有着这样的要求也是很自然的。长篇小说的流行就是这个要求的反应，因为篇幅长，故事就长，情节就多，趣味也就丰富了。这可以促进长篇小说的发展，倒是很好的。可是有些作者却因为这样的要求，忘记了自己的边界，放纵到色情上，以及粗劣的笑料上，去吸引读众，这只是迎合低级趣味。而读者贪读这一类低级的软性的作品，也只是沉溺，说不上"百读不厌"。"百读不厌"究竟是个赞词或评语，虽然以趣味为主，总要是纯正的趣味才说得上的。

（《文讯》月刊）

论逼真与如画

——关于传统的对于自然和艺术的态度的一个考察

"逼真"与"如画"这两个常见的批评用语，给人一种矛盾感。"逼真"是近乎真，就是象真的。"如画"是象画，象画的。这两个语都是价值的批评，都说是"好"。那么，到底是真的好呢？还是画的好呢？更教人迷糊的，象清朝大画家王鉴说的：

> 人见佳山水，辄曰"如画"，见善丹青，辄曰"逼真"。(《染香庵跋画》)

丹青就是画。那么，到底是"如画"好呢？还是"逼真"

好呢？照历来的用例，似乎两个都好，两个都好而不冲突，怎么会的呢？这两个语出现在我们的中古时代，沿用得很久，也很广，表现着这个民族对于自然和艺术的重要的态度。直到白话文通行之后，我们有了完备的成套的批评用语，这两个语才少见了，但是有时还用得着，有时也翻成白话用着。

这里得先看看这两个语的历史。照一般的秩序，总是先有"真"，后才有"画"，所以我们可以顺理成章的说"逼真与如画"——将"逼真"排在"如画"的前头。然而事实上似乎后汉就有了"如画"这个语，"逼真"却大概到南北朝才见。这两个先后的时代，限制着"画"和"真"两个词的意义，也就限制着这两个语的意义；不过这种用语的意义是会跟着时代改变的。《后汉书·马援传》里说他：

为人明须发，眉目如画。

唐朝李贤注引后汉的《东观记》说：

援长七尺五寸，色理发肤眉目容貌如画。

可见"如画"这个语后汉已经有了，南朝范晔作《后汉书·马援传》，大概就根据这类记载；他沿用"如画"这个形容语，没有加字，似乎直到南朝这个语的意义还没有什么改变。但是"如画"到底是什么意义呢？

我们知道直到唐初，中国画是以故事和人物为主的，《东观记》里的"如画"，显然指的是这种人物画。早期的人物画由于工具的简单和幼稚，只能做到形状匀称与线条分明的地步，看武梁祠的画像就可以知道。画得匀称分明是画得好；人的"色理发肤眉目容貌如画"，是相貌生得匀称分明，也就是生得好。但是色理发肤似乎只能说分明，不能说匀称，范晔改为"明须发，眉目如画"，是很有道理的。匀称分明是常识的评价标准，也可以说是自明的标准，到后来就成了古典的标准。类书里还举出三国时代诸葛亮的《黄陵庙记》，其中叙到"乃见江左大山壁立，林麓峰峦如画"，上文还有"睹江山之胜"的话。清朝严可均编辑的《全三国文》里说"此文疑依托"，大概是从文体或作风上看。笔者也觉得这篇记是后人所作。"江山之胜"这个意念到东晋才逐渐发展，三国时代是不会有的；而文体或作风又不像。文中"如画"一语，承接着"江山之胜"，已经是变义，下文再论。

"如画"是象画，原义只是象画的局部的线条或形体，可并不说象一个画面；因为早期的画还只以个体为主，作画的人对于整个的画面还没有清楚的意念。这个意念似乎到南北朝才清楚的出现。南齐谢赫举出画的六法，第五是"经营布置"，正是意识到整个画面的存在的证据。就在这个时代，有了"逼真"这个语，"逼真"是指的整个形状。如《水经注·沔水篇》说：

> 上粉县……堵水之旁……有白马山，山石似马，望之逼真。

这里"逼真"是说象真的白马一般。但是山石象真的白马又有什么好呢？这就牵连到这个"真"字的意义了。这个"真"固然指实物，可是一方面也是《老子》《庄子》里说的那个"真"，就是自然，另一方面又包含谢赫的六法的第一项"气韵生动"的意思，惟其"气韵生动"，才能自然，才是活的不是死的。死的山石象活的白马，有生气，有生意，所以好。"逼真"等于俗语说的"活脱"或"活象"，不但象是真的，并且活象是真的。如果这些话不错，"逼真"这个意念主要的还是跟着画法的发展来的。这时候画法已经从匀称分明进步到模仿整个儿实物了。六法第二"骨法用笔"似乎是指的匀称分明，第五"经营布置"是进一步的匀称分明。第三"应物象形"，第四"随类傅彩"，第六"传模移写"，大概都在说出如何模仿实物或自然；最重要的当然是"气韵生动"，所以放在第一。"逼真"也就是近于自然，象画一般的模仿着自然，多多少少是写实的。

唐朝张怀瓘的《书断》里说：

太宗……尤善临古帖，殆于逼真。

这是说唐太宗模仿古人的书法，差不多活象，活象那些古人。不过这似乎不是模仿自然。但是书法是人物的一种表现，模仿书法也就是模仿人物；而模仿人物，如前所论，也还是模仿自然。再说我国书画同源，基本的技术都在乎"用笔"，书法模仿书法，跟画的模仿自然也有相通的地方。不过从模仿书法到模仿自然，究竟得拐上个弯儿。老是拐弯儿就不免只看见那作品而忘掉了那整个儿的人，于是乎"貌同心异"，模仿就成了死板板的描头画角了。书法不免如此，画也不免如此。这就不成其为自然。郭绍虞先生曾经指出道家的自然有"神化"和"神遇"两种境界。而"气韵生动"的"气韵"，似乎原是音乐的术语借来论画的，这整个语一方面也接受了"神化"和"神遇"的意念，综合起来具体的说出，所以作为基本原则，排在六法的首位。但是模仿成了机械化，这个基本原则显然被忽视。为了强调它，唐朝人就重新提出那"神"的意念，这说是复古也未尝不可。于是张怀瓘开始将书家分为"神品""妙品""能品"，朱景元又用来论画，并加上了"逸品"。这神、妙、能、逸四品，后来成了艺术批评的通用标准，也是一种古典的标准。但是神、妙、逸三品都出于道家的思想，都出于玄心和达观，不出于常识，只有能品才是常识的标准。

重神当然就不重形，模仿不妨"貌异心同"；但是这只是就间接模仿自然而论。模仿别人的书画诗文，都是间接模仿自然，也可以说是艺术模仿艺术。直接模仿自然，如"山石似马"，可以说是自然模仿自然，就还得"逼真"才成。韩愈的《春雪间早梅》诗说：

　　那是俱疑似，
　　须知两逼真！

春雪活象早梅，早梅活象春雪，也是自然模仿自然，不过也是象画一般模仿自然。至于韩偓的诗：

纵有才难咏，
宁无画逼真！

说是虽然诗才薄弱，形容不出，难道不能画得活象！这指的是女子的美貌，又回到了人物画，可以说是艺术模仿自然。这也是直接模仿自然，要求"逼真"，跟"山石似马"那例子一样。

到了宋朝，苏轼才直截了当的否定了"形似"，他《书鄢陵王主簿所画折枝》的诗里说：

论画以形似，
见与儿童邻。
……
边鸾雀写生，
赵昌花传神。
……

"写生"是"气韵生动"的注脚。后来董逌的《广川画跋》里更提出"生意"这个意念。他说：

世之评画者曰，妙于生意，能不失真如此矣。至是为能尽其技。尝问如何是当处生意？曰，殆谓自然。问自然，则曰能不异真者斯得之矣。且观天地生物，特一气运化尔，其功用秘移，与物有宜，莫知为之者。故能成于自然。今画者信妙矣，方且晕形布色，求物比之，似而效之，序以成者，皆人力之后失也，岂能以合于自然者哉！

"生意"是真，是自然，是"一气运化"。"晕形布色"，比物求似，只是人工，不合自然。他也在否定"形似"，一面强调那气化或神化的"生意"。这些都见出道家"得意忘言"以及禅家"参活句"的影响。不求"形似"，当然就无所谓"逼真"；因为"真"既没有定形，逼近与否是很难说的。我们可以说"神似"，也就是"传神"，却和"逼真"有虚实之分。不过就画论画，人物、花鸟、草虫，到底以形为本，常识上还只要求这些画"逼真"。跟苏轼差不多同时的晁以道的诗说得好：

画写物外形，
要于形不改。

就是这种意思。但是山水画另当别论。

东晋以来士大夫渐渐知道欣赏山水，这也就是风景，也就是"江山之胜"。但是在画里山水还只是人物的背景，《世说新语》记顾恺之画谢鲲在岩石里，就是一个例证。那时却有个宗炳，将自己游历过的山水，画在墙壁上，"卧以游之"。这是山水画独立的开始，但是这种画无疑的多多少少还是写实的。到了唐朝，山水画长足的发展，北派还走着近乎写实的路，南派的王维开创了文人画，却走上了象征的路。苏轼说他"诗中有画，画中有诗"，文人画的特色就在"画中有诗"。因为要"有诗"，有时就出了常识常理之外。张彦远说"王维画物多不问四时，如画花，往往以桃杏芙蓉莲花同画一景"。宋朝沈括的《梦溪笔谈》也说他家藏得有王氏的"《袁安卧雪图》，有雪中芭蕉"。但是沈氏却说：

> 此乃得心应手，意到便成，故造理入神，迥得天意。此难可与俗人论也。

这里提到了"神""天"就是自然，而"俗人"是对照着"文人"说的。沈氏在上文还说"书画之妙，当以神会"，"神会"可以说是象征化。桃杏芙蓉莲花虽然不同时，放在同一个画面上，线条、形体、颜色却有一种特别的和谐，雪中芭蕉也如此。这种和谐就是诗。桃杏芙蓉莲花等只当作线条、形体、颜色用着，只当作象征用着，所以就可以"不问四时"。这也可以说是装饰化，图案化，程式化。但是最容易程式化的最能够代表文人化的是山水画，苏轼的评语，正指王维的山水画而言。

桃杏芙蓉莲花等等是个别的实物，形状和性质各自分明，"同画一景"，俗人或常人用常识的标准来看，马上觉得时令的矛盾，至于那矛盾里的和谐，原是在常识以外的，所以容易引起争辩。山水，文人欣赏的山水，却是一种境界，来点儿写实固然不妨，可是似乎更宜于象征化。山水里的草木鸟兽人物，都吸收在山水里，或者说和山水合为一气；兽与人简直可以没有，如元朝倪瓒的山水画，就常不画人，据说如此更高远，更虚静，更自然。这种境界是画，也是诗，画出来写出来是的，不画出来不写出来也是的。这当然说不上"象"，更说不上"活象"或"逼真"了。"如画"倒可以解作象这种山水画。但是唐人所谓"如画"，还带有写实的意味，例如李商隐的诗：

茂苑城如画，

阊门瓦欲流。

皮日休的诗：

　　　　楼台如画倚霜空。

虽然所谓"如画"指的是整个画面，却似乎还是北派的山水画。上文《黄陵庙记》里的"如画"，也只是这个意思。到了宋朝，如林逋的诗：

　　　　白公睡阁幽如画。

这个"幽"就全然是境界，象的当然是南派的画了。"如画"可以说是属于自然模仿艺术一类。

　　上文引过王鉴的话，"人见佳山水，辄曰'如画'"，这"如画"是说象南派的画。他又说"见善丹青，辄曰'逼真'"，这丹青却该是人物、花鸟、草虫，不是山水画。王鉴没有弄清楚这个分别，觉得这两个语在字面上是矛盾的，要解决这个矛盾，他接着说：

　　　　则知形影无定法，真假无滞趣，惟在妙悟人得之；不尔，虽工未为上乘也。

形影无定，真假不拘，求"形似"也成，不求"形似"也成，只要妙悟，就能够恰到好处。但是"虽工未为上乘"，"形似"到底不够好。他这些话并不曾解决了他想象中的矛盾，反而越说越糊涂。照"真假无滞趣"那句话，似乎画是假的；可是既然不拘真假，假而合于自然，也未尝不可以说是真的。其实他所谓假，只是我们说的境界，与实物相对的境界。照我们看，境界固然与实物不同，却也不能说是假的。同是清朝大画家的王时敏在一处画跋里说过：

> 石谷所作雪卷，寒林积素，江村寥落，一一皆如真境，宛然辋川笔法。

辋川指的王维，"如真境"是说象自然的境界，所谓"得心应手，意到便成"，"莫知为之者"。自然的境界尽管与实物不同，却还不妨是真的。

　　"逼真"与"如画"这两个语借用到文学批评上，意义又有些变化。这因为文学不同于实物，也不同于书法的点画，也不同于画法的"用笔""象形""傅彩"。文学以文字为媒介，文字表示意义，意义构成想象；想象里有人物，花鸟，草虫，及其他，也有山水——有实物，也有境界。但是这种实物只是想象中的实物；至于境界，原只存在于想象中，倒是只此一家，所以"诗中有画，画中有诗"。向来评论诗文以及小说戏曲，常说"神态逼真"，"情景逼真"，指的是描写或描画。写神态写情景写得活象，并非诉诸直接的感觉，跟"山石似马，望之逼真"以及"宁无画逼真"的直接诉诸视觉不一样，这是诉诸想象中的视觉的。宋朝梅尧臣说过"状难写之景，如在目前"，"如"字很确；这种"逼真"只是使人如见。可是向来也常说"口吻逼真"，写口气写得活象，是使人如闻，如闻其声。这些可以说是属于艺术模仿自然一类。向来又常说某人的诗"逼真老杜"，某人的文"逼真昌黎"，这是说在语汇，句法，声调，用意上，都活象，也就是在作风与作意上都活象，活象在默读或朗诵两家的作品，或全篇，或断句。这儿说是"神似老杜""神似昌黎"也成，想象中的活象本来是可实可虚两面儿的。这是属于艺术模仿艺术一类。文学里的模仿，不论模仿的是自然或艺术，都和书画不相同；倒可以比建筑，经验是材料，想象是模仿的图样。

　　向来批评文学作品，还常说"神态如画"，"情景如画"，"口吻如画"，也指描写而言。上文"如画"的例句，都属于自然模仿艺术一类。这儿是说"写神态如画"，"写情景如画"，"写口吻如画"，可以说是属于艺术模仿自然一类。在这里"如画"的意义却简直和"逼真"是一样，想象的"逼真"和想象的"如画"在想象里合而为一了。这种"逼真"与"如画"都只是分明、具体、可感觉的意思，正是常识对于自然和艺术所要求的。可是说"景物如画"或"写景物如画"，却是例外。这儿"如画"的"画"，可以是北派山水，可以是南派山水，得看所评的诗文而定；若是北派，"如画"就只是匀称分明，若是南派，就是那诗的境界，都与"逼真"不能合一。不过传统的诗文里写景的地方并不很多，小说戏剧里尤其如此，写景而有境界的更少，因此王维的"诗中有画"才见得难能可贵，模仿起来不容易。他创始的"画中有诗"的文人画，却比那"诗中有画"的诗直接些，具体些，模仿的人很多，多到成为所谓南派。我们感到"如画"与"逼真"两个语好象矛盾，就由于这一派文人画的影响。不过这两个语原来既然都只是常识的评价标准，后来意义虽有改变，而除了"如画"在作为一种境界解释的时候变为玄心妙赏以外，也都还是常识的标准。这就可见我们的传统的对于自然和艺术的态度，一般的还是以常识为体，雅俗共赏为用的。那些"难可与俗人论"的，恐怕到底不是天下之达道罢。

（天津《民国日报》文艺副刊）

论书生的酸气

　　读书人又称书生。这固然是个可以骄傲的名字，如说"一介书生"，"书生本色"，都含有清高的意味。但是正因为清高，和现实脱了节，所以书生也是嘲讽的对象。人们常说"书呆子""迂夫子""腐儒""学究"等，都是嘲讽书生的。"呆"是不明利害，"迂"是绕大弯儿，"腐"是顽固守旧，"学究"是指一孔之见。总之，都是知古不知今，知书不知人，食而不化的读死书或死读书，所以在现实生活里老是吃亏、误事、闹笑话。总之，书生的被嘲笑是在他们对于书的过分的执着上；过分的执着书，书就成了话柄了。

　　但是还有"寒酸"一个话语，也是形容书生的。"寒"是"寒素"，对"膏粱"而言。是魏晋南北朝分别门第的用语。"寒门"或"寒人"并不限于书生，武人也在里头；"寒士"才指书生。这"寒"指生活情形，指家世出身，并不关涉到书；单这个字也不含嘲讽的意味。加上"酸"字成为连语，就不同了，好象一副可怜相活现在眼前似的。"寒酸"似乎原作"酸寒"。韩愈《荐士》诗，"酸寒溧阳尉"，指的是孟郊。后来说"郊寒岛瘦"，孟郊和贾岛都是失意的人，作的也是失意诗。"寒"和"瘦"映衬起来，够可怜相的，但是韩愈说"酸寒"，似乎"酸"比"寒"重。可怜别人说"酸寒"，可怜自己也说"酸寒"，所以苏轼有"故人留饮慰酸寒"的诗句。陆游有"书生老瘦转酸寒"的诗句。"老瘦"固然可怜相，感激"故人留饮"也不免有点儿。范成大说"酸"是"书生气味"，但是他要"洗尽书生气味酸"，那大概是所谓"大丈夫不受人怜"罢？

为什么"酸"是"书生气味"呢？怎么样才是"酸"呢？话柄似乎还是在书上。我想这个"酸"原是指读书的声调说的。晋以来的清谈很注重说话的声调和读书的声调。说话注重音调和辞气，以朗畅为好。读书注重声调，从《世说新语·文学篇》所记殷仲堪的话可见；他说，"三日不读《道德经》，便觉舌本闲强"，说到舌头，可见注重发音，注重发音也就是注重声调。《任诞篇》又记王孝伯说："名士不必须奇才，但使常得无事，痛饮酒，熟读《离骚》，便可称名士。"这"熟读《离骚》该也是高声朗诵，更可见当时风气。《豪爽篇》记"王司州（胡之）在谢公（安）坐，咏《离骚》《九歌》'入不言兮出不辞，乘回风兮载云旗'，语人云：'当尔时，觉一坐无人。'"正是这种名士气的好例。读古人的书注重声调，读自己的诗自然更注重声调。《文学篇》记着袁宏的故事：

> 袁虎（宏小名虎）少贫，尝为人佣载运租。谢镇西经船行，其夜清风朗月，闻江渚间估客船上有咏诗声，甚有情致，所诵五言，又其所未尝闻，叹美不能已。即遣委曲讯问，乃是袁自咏其所作咏史诗。因此相要，大相赏得。

从此袁宏名誉大盛，可见朗诵关系之大。此外《世说新语》里记着"吟啸"，"啸咏"，"讽咏"，"讽诵"的还很多，大概也都是在朗诵古人的或自己的作品罢。

这里最可注意的是所谓"洛下书生咏"或简称"洛生咏"。《晋书·谢安传》说：

安本能为洛下书生咏。有鼻疾，故其音浊。名流爱其咏而弗能及，或手掩鼻以效之。

《世说新语·轻诋篇》却记着：

人问顾长康："何以不作洛生咏？"答曰："何至作老婢声！"

刘孝标注，"洛下书生咏音重浊，故云'老婢声'。"所谓"重浊"，似乎就是过分悲凉的意思。当时诵读的声调似乎以悲凉为主。王孝伯说"熟读《离骚》，便可称名士"，王胡之在谢安坐上咏的也是《离骚》《九歌》，都是《楚辞》。当时诵读《楚辞》，大概还知道用楚声楚调，乐府曲调里也正有楚调，而楚声楚调向来是以悲凉为主的。当时的诵读大概受到和尚的梵诵或梵唱的影响很大，梵诵或梵唱主要的是长吟，就是所谓"咏"。《楚辞》本多长句，楚声楚调配合那长吟的梵调，相得益彰，更可以"咏"出悲凉的"情致"来。袁宏的咏史诗现存两首，第一首开始就是"周昌梗概臣"一句，"梗概"就是"慷慨"，"感慨"；"慷慨悲歌"也是一种"书生本色"。沈约《宋书·谢灵运传论》所举的五言诗名句，钟嵘《诗品·序》里所举的五言诗名句和名篇，差不多都是些"慷慨悲歌"。《晋书》里还有一个故事。晋朝曹摅的《感旧》诗有"富贵他人合，贫贱亲戚离"两句。后来殷浩被废为老百姓，送他的心爱的外甥回朝，朗诵这两句，引起了身世之感，不觉泪下。这是悲凉的朗诵的确例。但是自己若是并无真实的悲哀，只去学时髦，捏着鼻子学那悲哀的"老婢声"的"洛生咏"，那就过了分，那也就是赵宋以来所谓"酸"了。

唐朝韩愈有《八月十五夜赠张功曹》诗，开头是：

纤云四卷天无河，
清风吹空月舒波，
沙平水息声影绝，
一杯相属君当歌。

接着说：

君歌声酸辞且苦，
不能听终泪如雨。

接着就是那"酸"而"苦"的歌辞：

洞庭连天九疑高，

蛟龙出没猩鼯号。

十生九死到官所，

幽居默默如藏逃。

下床畏蛇食畏药，

海气湿蛰熏腥臊。

昨者州前槌大鼓，

嗣皇继圣登夔皋。

赦书一日行万里，

罪从大辟皆除死。

迁者追回流者还，

涤瑕荡垢朝清班。

州家申名使家抑，

坎坷只得移荆蛮。

判司卑官不堪说，

未免捶楚尘埃间。

同时辈流多上道，

天路幽险难追攀！

张功曹是张署，和韩愈同被贬到边远的南方，顺宗即位，只奉命调到近一些的江陵做个小官儿，还不得回到长安去，因此有了这一番冤苦的话。这是张署的话，也是韩愈的话。但是诗里却接着说：

> 君歌且休听我歌，
> 我歌今与君殊科。

韩愈自己的歌只有三句：

> 一年明月今宵多，
> 人生由命非由他，
> 有酒不饮奈明何！

他说认命算了，还是喝酒赏月罢。这种达观其实只是苦情的伪装而已。前一段"歌"虽然辞苦声酸，倒是货真价实，并无过分之处。由那"声酸"知道吟诗的确有一种悲凉的声调，而所谓"歌"其实只是讽咏。大概汉朝以来不象春秋时代一样，士大夫已经不会唱歌，他们大多数是书生出身，就用讽咏或吟诵来代替唱歌。他们——尤其是失意的书生——的苦情就发泄在这种吟诵或朗诵里。

战国以来，唱歌似乎就以悲哀为主，这反映着动乱的时代。《列子·汤问篇》记秦青"抚节悲歌，声振林木，响遏行云"，又引秦青的话，说韩娥在齐国雍门地方"曼声哀哭，一里老幼悲愁垂涕相对，三日不食"，后来又"曼声长歌，一里老幼，善跃抃舞，弗能自禁"。这里说韩娥虽然能唱悲哀的歌，也能唱快乐的歌，但是和秦青自己独擅悲歌的故事合看，就知道还是悲歌为主。再加上齐国杞梁殖的妻子哭倒了城的故事，就是现在还在流行的孟姜女哭倒长城的故事，悲歌更为动人，是显然的。书生吟诵，声酸辞苦，正和悲歌一脉相传。但是声酸必须辞苦，辞苦又必须情苦；若是并无苦情，只有苦辞，甚至连苦辞也没有，只有那供人酸鼻的声调，那就过了分，不但不能动人，反要遭人嘲弄了。书生往往自命不凡，得意的自然有，却只是少数，失意的可太多了。所以总是叹老嗟卑，长歌当哭，哭丧着脸一副可怜相。朱子在《楚辞辨证》里说汉人那些模仿的作品"诗意平缓，意不深切，如无所疾痛而强为呻吟者"。"无所疾痛而强为呻吟"就是所谓"无病呻吟"。后来的叹老嗟卑也正是无病呻吟。有病呻吟是紧张的，可以得人同情，甚至叫人酸鼻；无病呻吟，病是装的，假的，呻吟也是装的，假的，假装可以酸鼻的呻吟，酸而不苦象是丑角扮戏，自然只能逗人笑了。

苏东坡有《赠诗僧道通》的诗：

> 雄豪而妙苦而腴，
> 只有琴聪与蜜殊。
> 语带烟霞从古少，
> 气含蔬笋到公无。……

查慎行注引叶梦得《石林诗话》说：

> 近世僧学诗者极多，皆无超然自得之趣，往往掇拾摹仿士大夫所残弃，又自作一种体，格律尤俗，谓之"酸馅气"。子瞻……尝语人云："颇解'蔬笋'语否？为无'酸馅气'也。"闻者无不失笑。

东坡说道通的诗没有"蔬笋"气，也就没有"酸馅气"，和尚修苦行，吃素，没有油水，可能比书生更"寒"更"瘦"；一味反映这种生活的诗，好象酸了的菜馒头的馅儿，干酸，吃不得，闻也闻不得，东坡好象是说，苦不妨苦，只要"苦而腴"，有点儿油水，就不至于那么扑鼻酸了。这酸气的"酸"还是从"声酸"来的。而所谓

论书生的酸气　　　　43

"书生气味酸"该就是指的这种"酸馅气"。和尚虽苦，出家人原可"超然自得"，却要学吟诗，就染上书生的酸气了。书生失意的固然多，可是叹老嗟卑的未必真的穷苦到他们嗟叹的那地步；倒是"常得无事"，就是"有闲"，有闲就无聊，无聊就作成他们的"无病呻吟"了。宋初西昆体的领袖杨亿讥笑杜甫是"村夫子"，大概就是嫌他叹老嗟卑的太多。但是杜甫"窃比稷与契"，嗟叹的其实是天下之大，决不止于自己的鸡虫得失。杨亿是个得意的人，未免忘其所以，才说出这样不公道的话。可是象陈师道的诗，叹老嗟卑，吟来吟去，只关一己，的确叫人腻味。这就落了套子，落了套子就不免有些"无病呻吟"，也就是有些"酸"了。

道学的兴起表示书生的地位加高，责任加重，他们更其自命不凡了，自嗟自叹也更多了。就是眼光如豆的真正的"村夫子"或"三家村学究"，也要哼哼唧唧的在人面前卖弄那背得的几句死书，来嗟叹一切，好搭起自己的读书人的空架子。鲁迅先生笔下的"孔乙己"，似乎是个更破落的读书人，然而"他对人说话，总是满口之乎者也，教人半懂不懂的"。人家说他偷书，他却争辩着："窃书不能算偷……窃书！……读书人的事，能算偷么？""接连便是难懂的话，什么'君子固穷'，什么

'者乎'之类，引得众人都哄笑起来。"孩子们看着他的茴香豆的碟子。

> 孔乙己着了慌，伸开五指将碟子罩住，弯下腰去说道："不多了，我已经不多了。"直起身又看一看豆，自己摇头说："不多不多！'多乎哉？不多也。'"于是这一群孩子都在笑声里走散了。

破落到这个地步，却还只能"满口之乎者也"，和现实的人民隔得老远的，"酸"到这地步真是可笑又可怜了。"书生本色"虽然有时是可敬的，然而他的酸气总是可笑又可怜的。最足以表现这种酸气的典型，似乎是戏台上的文小生，尤其是昆曲里的文小生，那哼哼唧唧、扭扭捏捏、摇摇摆摆的调调儿，真够"酸"的！这种典型自然不免夸张些，可是许差不离儿罢。

向来说"寒酸""穷酸"，似乎酸气老聚在失意的书生身上。得意之后，见多识广，加上"一行作吏，此事便废"，那时就会不再执着在书上，至少不至于过分的执着在书上，那"酸气味"是可以多多少少"洗"掉的。而失意的书生也并非都有酸气。他们可以看得开些，所谓达观，但是达观也不易，往往只是伪装。他们可以看远大些，"梗概而多气"是雄风豪气，不是酸气。至于近代的知识分子，让时代逼得不能读死书或死读书，因此也就不再执着那些古书。文言渐渐改了白话，吟诵用不上了；代替吟诵的是又分又合的朗诵和唱歌。最重要的是他们看清楚了自己，自己是在人民之中，不能再自命不凡了。他们虽然还有些闲，可是要"常得无事"却也不易。他们渐渐丢了那空架子，脚踏实地向前走去。早些时还不免带着感伤的气分，自爱自怜，一把眼泪一把鼻涕的；这也算是酸气，虽然念诵的不是古书而是洋书。可是这几年时代逼得更紧了，大家只得抹干了鼻涕眼泪走上前去。这才真是"洗尽书生气味酸"了。

（《世纪评论》）

歌谣里的重叠

歌谣以重叠为生命，脚韵只是重叠的一种方式。从史的发展上看，歌谣原只要重叠，这重叠并不一定是脚韵；那就是说，歌谣并不一定要用韵。韵大概是后起的，是重叠的简化。现在的歌谣有又用韵又用别种重叠的，更可见出重叠的重要来。重叠为了强调，也为了记忆。顾颉刚先生说过：

> 对山歌因问作答，非复沓不可。……儿歌注重于说话的练习，事物的记忆与滑稽的趣味，所以也有复沓的需要。(《论〈诗经〉所录全为乐歌》上)

"复沓"就是重叠。说"对山歌因问作答，非复沓不可"，是说重叠由于合唱；当然，合唱不止于对山歌。这可说是为了强调。说"儿童注重于说话的练习，事物的记忆，……也有复沓的需要"，是为了记忆；但是这也不限于儿歌。至于滑稽的趣味，似乎与重叠无关，绕口令或拗口令里的滑稽的趣味，是从词语的意义和声音来的，不是从重叠来的。

现在举几首近代的歌谣为例，意在欣赏，但是同时也在表示重叠的作用。美国何德兰的《孺子歌图》（收录的以北平儿歌为主）里有一首《足五趾歌》：

> 这个小牛儿吃草。
> 这个小牛儿吃料。
> 这个小牛儿喝水儿。
> 这个小牛儿打滚儿。
> 这个小牛儿竟卧着，
> 我们打他。

这是一首游戏歌，一面念，一面用手指点着，末了儿还打一下。这首歌的完整全靠重叠，没有韵。将五个足趾当作五个"小牛儿"，末一个不做事，懒卧着，所以打他。这是变化。同书另一首歌：

玲珑塔，

塔玲珑，

玲珑宝塔十三层。

这首歌主要的是"玲珑"一个词。前两行是颠倒的重叠，后一行还是重叠前两行，但是颠倒了"玲珑"这个词，又加上了"宝"和"十三层"两个词语，将句子伸长，其实还只是"玲珑"的意思。这些都是变化。这首歌据说现在还在游艺场里唱着，可是编得很长很复杂了。

邱峻先生辑的《情歌唱答》里有两首对山歌，是客家话：

女唱：
一日唔见涯心肝，
唔见心肝心不安。
唔见心肝心肝脱，
一见心肝脱心肝。
男答：
闲来么事想心肝，
紧想心肝紧不安。
我想心肝心肝想，

正是心肝想心肝。

两首全篇各自重叠，又彼此重叠，强调的是"心肝"，就是情人。还有北京大学印的《歌谣纪念增刊》里有刘达九先生记的四川的两首对山歌，是两个牧童在赛唱：

唱：
你的山歌没得我的山歌多，
我的山歌几箩篼。
箩篼底下几个洞，
唱的没得漏的多。
答：
你的山歌没得我的山歌多，
我的山歌牛毛多。
唱了三年三个月，
还没有唱完牛耳朵。

两首的头两句各自重叠，又彼此重叠，各自夸各自的"山歌多"；比喻都是本地风光，活泼，新鲜，有趣味。重叠的方式多得很，这里只算是"牛耳朵"罢了。

（北平《华北日报》俗文学副刊）

诗言志

（一）献诗陈志

《今文尚书·尧典》记舜的话，命夔典乐，教胄子，又道：

> 诗言志[①]，歌永言，声依永，律和声；八音克谐，无相夺伦，神人以和。

郑玄注云：

[①]《史记·五帝本纪》改为"诗言意"。《礼记·檀弓》"子盖言子之志于公乎"句郑玄注："志，意也。"

诗所以言人之志意也。永，长也，歌又所以长言诗之意。声之曲折，又长言而为之。声中律乃为和[①]。

这里有两件事：一是诗言志，二是诗乐不分家。《左传·襄公二十七年》也有"诗以言志"的话。那是说"赋诗"的，而赋诗是合乐的[②]，也是诗乐不分家。据顾颉刚先生等考证，《尧典》最早也是战国时才有的书[③]。那么，"诗言志"这句话也许从"诗以言志"那句话来[④]，但也许彼此是独立的。

《说文》三上《言部》云：

---

① 孔颖达《毛诗正义·诗谱序》"然则诗之道放于此乎"句下引。

② 顾颉刚《论诗经所录全为乐歌》，见《古史辨》卷三下六四八至六五〇面。

③ 《尚书研究讲义》第一册六十九页，又第二册十一页。参看竺可桢《论以岁差定尚书尧典四仲中星之年代》（《科学》十一卷十二期），顾颉刚《从地理上证今本尧典为汉人作》（《禹贡》半月刊二卷五期），及张清常《周末的乐器分类法》的《结论》（《人文科学学报》一卷一期）。

④ 我相信《左传》是"晚周人做的历史"，但不相信是刘歆等改编的。

诗，志也。〔志发于言〕①。从"言"，"寺"声。

古文作"**誌**"，从"言"，"**屮**"声。杨遇夫先生（树达）在《释诗》一文里说："'志'字从'心'，'**屮**'声，'寺'字亦从'**屮**'声。'**屮**''志''寺'古音盖无二。……其以'**屮**'为'志'，或以'寺'为'志'，音近假借耳。"又据《左传·昭公十六年》韩宣子"赋不出郑志"的话，说"郑志"即"郑诗"；因而以为"古'诗''志'二文同用，故许（慎）径以'志'释'诗'"②。闻一多先生在《歌与诗》里更进一步说道：

> 志字从"**屮**"，卜辞"**屮**"作"**业**"，从"止"下"一"，像人足停止在地上，所以"**屮**"本训停止。……"志"从"**屮**"从"心"，本义是停止在心上。停在心上亦可说是藏在心里。

他说："志有三个意义：一、记忆；二、记录；三、怀

---

① 今本无此四字，杨遇夫先生据《韵会》引《说文》补入，见他的《释诗》一文中。

② 杨树达《积微居小学金石论丛》卷一，二一至二二页。

抱。"从这里出发，他证明了"志与诗原来是一个字"①。但是到了"诗言志"和"诗以言志"这两句话，"志"已经指"怀抱"了。《左传·昭公二十五年》云：

> 子太叔见赵简子。……简子曰："敢问何谓礼？"对曰："吉也闻诸先大夫子产曰：'……民有好、恶、喜、怒、哀、乐，生于六气。是故审则宜类，以制六志。哀有哭泣，乐有歌舞，喜有施舍，怒有战斗。喜生于好，怒生于恶。是故审行信令，祸福赏罚，以制死生。生，好物也；死，恶物也。好物，乐也；恶物，哀也。哀乐不失，乃能协于天地之性，是以长久。'"

孔颖达《正义》说："此六志《礼记》谓之'六情'。在己为情，情动为志，情、志一也。"汉人又以"意"为"志"，又说志是"心所念虑"，"心意所趣向"，又说是"诗人志所欲之事"②。情和意都指怀抱而言；但看子产的

---

① 《歌与诗》，《中央日报》昆明版《平明》副刊，民国二十八年（1939）六月五日。

② 分见《孟子·公孙丑》篇"夫志，气之帅也"赵岐注，《礼记·学记》"一年视离经辨志"郑玄注，《孟子·万章》上"不以辞害志"赵注。

话跟子太叔的口气，这种志，这种怀抱是与"礼"分不开的，也就是与政治、教化分不开的。

"言志"这词组两见于《论语》中。《公冶长》篇云：

> 颜渊、季路侍。子曰："盍各言尔志？"子路曰："愿车马衣裘与朋友共①，敝之而无憾。"颜渊曰："愿无伐善，无施劳。"子路曰："愿闻子之志！"子曰："老者安之，朋友信之，少者怀之。"

《先进》篇记子路、曾晳、冉有、公西华"各言其志"，语更详。两处所记"言志"，非关修身，即关治国，可正是发抒怀抱。还有，《礼记·檀弓》篇记晋世子申生被骊姬谗害，他兄弟重耳向他道："子盍（盍）言子之志于公乎？"郑玄注："重耳欲使言见谮之意。"这也是教他陈诉怀抱。这里申生陈诉怀抱，一面关系自己的穷通，一面关系国家的治乱。可是他不愿意陈诉，他自己是死了，晋国也跟着乱起来。这种志，这种怀抱，其实是与政教分不开的。

---

① 通行本作"衣轻裘"，据阮元《校勘记》删"轻"字。

《诗经》里说到作诗的有十二处：

一、维是褊心，是以为刺。(《魏风·葛屦》)

二、夫也不良，歌以讯之。(《陈风·墓门》)

三、是用作歌，"将母"来谂。(《小雅·四牡》)

四、家父作诵，以究王讻。(《小雅·节南山》)

五、作此好歌，以极反侧。(《小雅·何人斯》)

六、寺人孟子，作为此诗。凡百君子，敬而听之。(《小雅·巷伯》)

七、君子作歌，维以告哀。(《小雅·四月》)

八、矢诗不多，维以遂歌。(《大雅·卷阿》)

九、王欲玉女，是用大谏。(《大雅·民劳》)

十、虽曰"匪予"，既作尔歌。(《大雅·桑柔》)

十一、吉甫作诵，其诗孔硕，其风肆好，以赠申伯。(《大雅·嵩高》)

十二、吉甫作诵，穆如清风。(《大雅·烝民》)

这里明用"作"字的八处，其余也都含有"作"字意。（一）最显，不必再说。（二）《传》云："讯，告也。"《笺》云："歌谓作此诗也。既作，可使工歌之，是谓之告。"《经典释文》引《韩诗》："讯，谏也。"《说文·言部》："谏，数谏也。"段玉裁云："谓数其失而谏之。凡讥'刺'字当用此。"（八）《传》云："不多，多也。明王使公卿献诗以陈其志，遂为工师之歌焉。"（九）《笺》云："玉者，君子比德焉。王乎，我欲令女（汝）如玉然。故作是诗，用大谏正女（汝）。"[1]

　　这些诗的作意不外乎讽与颂，诗文里说得明白。像"以为刺""以讯之""以究王讻""以极反侧""用大谏"，显言讽谏，一望而知。《四牡篇》的"'将母'来谂"，《笺》云："谂，告也[2]。……作此诗之歌，以养父母之志来告于君也。"与《巷伯》的"凡百君子，敬而听之"，《四月》的"维以告哀"，都是自述苦情，欲因歌唱以告于在上位的人，也该算在讽一类里。《桑柔》的"虽曰'匪予'，既作尔歌"，《笺》云："女（汝）虽抵距，已言'此政非我所为'，我已作女（汝）所行之歌，女（汝）当受之而无悔。"那么，也是讽了。为颂美而作的，只有《卷阿》篇的陈诗以"遂歌"，和尹吉甫的两"诵"。《卷阿传》说"王使公卿献诗以陈其志"，"陈志"就是"言志"。因为是"献诗"或赠诗（如《嵩高》《烝民》），

---

　　[1]　上引叙作诗的句子都在篇末。《大雅·板》篇首章之末，也有"是用大谏"句，或也是叙全诗造作因由的。

　　[2]　《说文·言部》："谂，深谏也。"

所以"言志"不出乎讽与颂，而讽比颂多。

《国语·周语上》记厉王"得卫巫，使监谤者。以告，则杀之"。邵公谏道：

> 为川者决之使导，为民者宣之使言。故天子听政，使公卿至于列士献诗，瞽献曲，史献书，师箴，瞍赋，蒙诵，百工谏，庶人传语，近臣尽规，亲戚补察，瞽史教诲，耆艾修之，而后王斟酌焉，是以事行而不悖。

《晋语六》赵文子冠，见范文子，范文子说：

> 夫贤者宠至而益戒，不足者为宠骄。故兴王赏谏臣，逸王罚之。吾闻古之言王者，政德既成，又听于民。于是乎使工诵谏于朝，在列者献诗，使勿兜（惑也）；风（采也）听胪（传也）言于市，辨祅祥于谣，考百事于朝，问谤誉于路。有邪而正之，尽戒之术也；先王疾是骄也。

《左传·襄公十四年》记师旷对晋平公的话，大略相同；但只作"瞽为诗"，没有明说"献诗"。

从这几段记载看，可见"公卿列士的讽谏是特地做了献上去的，庶人的批评是给官吏打听到了告诵上去的"①。献诗只是公卿列士的事，轮不到庶人。而说到献诗，连带着说到瞽、蒙、瞍、工，都是乐工，又可见诗是合乐的。

古代有所谓"乐语"。《周礼·大司乐》：

> 以乐语教国子：兴、道、讽、诵、言、语。

这六种"乐语"的分别，现在还不能详知，似乎都以歌辞为主。"兴""道"（导）似乎是合奏，"讽""诵"似乎是独奏；"言""语"是将歌辞应用在日常生活里。这些都用歌辞来表示情意，所以称为"乐语"。《周礼》如近代学者所论，大概是战国时作，但其中记述的制度多少该有所本，决不至于全是想象之谈。"乐语"的存在，从别处也可推见。《国语·周语下》云：

> 晋羊舌肸聘于周。……（单）靖公享之。……

---

① 顾颉刚《诗经在春秋战国间的地位》,《古史辨》卷三下三二六面。

语说"昊天有成命"(《周颂》)。单之老送叔向（肸的字），叔向告之曰："……其语说'昊天有成命'，'颂'之盛德也。其诗曰……是道成王之德（道文、武成其王德）也。……单子俭、敬、让、咨，以应成德，单若不兴，子孙必蕃，后世不忘。……"

韦昭解道："'语'，宴语所及也。'说'，乐也。"似乎"昊天有成命"是这回享礼中奏的乐歌，而单靖公言语之间很赏识这首歌辞。叔向的话先详说这篇歌辞——诗，然后论单靖公的为人，并预言他的家世兴盛。这正是"乐语"，正可见"乐语"的重要作用。《论语·阳货》篇简单的记着孔子一段故事：

> 孺悲欲见孔子，孔子辞以疾。将命者出户，取瑟而歌，使之闻之。

历来都说孔子"取瑟而歌"只是表明并非真病，只是表明不愿见。但小病未必就不能歌，古书中时有例证；也许那歌辞中还暗示着不愿见的意思。若这个解释不错，这便也是"乐语"了。

《荀子·乐论》里说"君子以钟鼓道志"。"道志"

就是"言志"，也就是表示情意，自见怀抱。《礼记·仲尼燕居》篇记孔子的话："是故君子不必亲相与言也，以礼乐相示而已。"这虽未必真是孔子说的，却也可见"乐语"的传统是存在的。《汉书》二十二《礼乐志》论乐，也道"和亲之说难形，则发之于诗歌咏言、钟石管弦"，"乐语"的作用正在暗示上。又，《礼记·乐记》载子夏答魏文侯问乐云：

> 今夫古乐……君子于是语，于是道古，修身及家，平均天下。此古乐之发也。今夫新乐……乐终不可以语，不可以道古。此新乐之发也。

这里"语"虽在"乐终"，却还不失为一种"乐语"①。这里所"语"的是乐意，可以见出乐以言志、歌以言志、诗以言志是传统的一贯。以乐歌相语，该是初民的生活方式之一。那时结恩情、做恋爱用乐歌，这种情形现在还常常看见；那时有所讽颂、有所祈求，总之有所表示，也多用乐歌。人们生活在乐歌中。乐歌就是"乐语"，日常的语言是太平凡了，不够郑重，不够强调的。明白了

---

① 以上论"乐语"是许骏斋（维遹）先生说，承他许在这里引用，谨此志谢。

这种"乐语",才能明白献诗和赋诗。这时代人们还都能歌,乐歌还是生活里重要节目。献诗和赋诗正从生活的必要和自然的需求而来,说只是周代重文的表现,不免是隔靴搔痒的解释。

献诗的记载不算太多。前引《诗经》里诸例以外,顾颉刚先生还举过两个例[①]:《左传·昭公十二年》,子革对楚灵王云:

> 昔穆王欲肆其心,周行天下,将皆必有车辙马迹焉。祭公谋父作《祈招》之诗以止王心。王是以获没于祗宫。……其诗曰:"祈招之愔愔,式昭德音。思我王度,式如玉,式如金。形民之力而无醉饱之心!"

又,《国语·楚语上》记左史倚相的话:

> 昔卫武公年数九十有五矣,犹箴儆于国曰:"自卿以下,至于师长士,苟在朝者,无谓老耄而舍我!必恭恪于朝,朝夕以交戒我!闻一二之言,必诵志而纳之以训导我!"在舆有旅贲之规,位宁

---

① 《古史辨》卷三下三二七面。

62　　　　　　　朱自清学术文选

有官师之典，倚几有诵训之谏，居寝有亵御之箴，临事有瞽史之导，宴居有师工之诵，史不失书，蒙不失诵，以训御之。于是作《懿戒》以自儆也。

《祈招》是逸诗。《懿戒》韦昭说就是《大雅》的《抑》篇，"懿读之曰抑"。"自儆"可以算是自讽。这两个故事虽然都出于转述，但参看上文所举《诗经》中说到诗的作意诸语，似乎是可信的。这两段是春秋以前的故事。春秋时代还有晏子谏齐景公的例。《晏子春秋·内篇谏下》第五云：

> 晏子使于鲁。比其返也，景公使国人起大台之役。岁寒不已，冻馁者乡有焉。国人望晏子。晏子至，已复事，公延坐，饮酒，乐。晏子曰："君若赐臣，臣请歌之。"歌曰："庶民之言曰：'冻水洗我若之何！太上靡散我若之何！'"歌终，喟然叹而流涕。公就止之曰："夫子曷为至此？殆为大台之役夫？寡人将速罢之。"

《晏子春秋》虽然驳杂，这段故事的下文也许不免渲染一些，但照上面所论"乐语"的情形，这里"歌谏"

的部分似乎也可信。总之，献诗陈志不至于是托古的空想。

春秋时代献诗的事，在上面说到的之外似乎还有，从下列四例可见：

一、卫庄公娶于齐东宫得臣之妹，曰庄姜，美而无子，卫人所为赋《硕人》也。(《左传·隐公三年》)

二、狄人……灭卫。……卫之遗民……立戴公以庐于曹。许穆夫人赋《载驰》。(《左传·闵公二年》)

三、郑人恶高克，使帅师次于河上，久而弗召。师溃而归，高克奔陈。郑人为之赋《清人》。(《左传·闵公二年》)

四、秦伯任好卒，以子车氏之三子奄息、仲行、虎为殉，皆秦之良也。国人哀之，为之赋《黄鸟》。(《左传·文公六年》)

(一)《诗序》云："庄公惑于嬖妾，使骄上僭。庄姜贤而不答，终以无子，国人闵而忧之。"(二)《序》云："许穆夫人闵卫之亡，伤许之小，力不能救，思归唁其兄，又义不得，故赋是诗也。"①（三）《序》云："（郑）公子素恶高克进之不以礼，文公退之不以道，危国亡师之本，故作是诗也。"（四）《序》云："国人刺穆公以人从死而作是诗也。"《诗序》虽多穿凿，但这几篇与《左传》所记都相合，似乎不是向壁虚造②。《诗经》中"人"字往往指在位的大夫君子③，这里的"卫人""郑人""国人"都不是庶人；《诗序》以"郑人"为公子素，更可助成此说。"赋"是自歌或"使工歌之"；《硕人》篇要歌给庄公听，《载驰》篇要歌给戴公听，《清人》篇要歌给文公听，《黄鸟》篇也许要歌给康公听。这些也都属于讽一类④。

"诗"这个字不见于甲骨文、金文，《易经》中也没有。《今文尚书》中只见了两次，就是《尧典》的"诗言志"，还有《金滕》云："于后（周）公乃为诗以诒（成）王，名之曰《鸱鸮》。"《尧典》晚出，这个字大概是周代

---

① 诗末句云"百尔所思，不如我所之"，闻一多先生谓"之"即"志"字。那么这篇诗明说"言志"了。

② 崔述《读风偶识》卷二有疑《硕人序》的话，顾颉刚先生有疑《清人序》的话（《古史辨》卷三下三一八面），但皆无证。

③ 朱东润《国风出于民间论质疑》，见《读诗四论》二〇至二七面。

④ 《文选》二十有"献诗"一类，可参看。

才有的。——献诗陈志的事，照上文所引的例子，大概也是周代才有的。"志"字原来就是"诗"字，到这时两个字大概有分开的必要了，所以加上"言"字偏旁，另成一字；这"言"字偏旁正是《说文》所谓"志发于言"的意思。《诗经》里也只有三个"诗"字，就在上文引的《巷伯》《卷阿》《嵩高》三篇的诗句中。《诗序》以《巷伯》篇为幽王时作，《卷阿》篇成王时作，《嵩高》篇宣王时作。按《卷阿》篇说，"诗"字的出现是在周初，似乎和《金縢》篇可以印证。但《诗序》不尽可信，《金縢》篇近来也有些学者疑为东周时所作[1]；这个字的造成也许并没有那么早，所以只说大概周代才有。至于《诗经》中十二次说到作诗，六次用"歌"字，三次用"诵"字，只三次用"诗"字，那或是因为"诗以声为用"的原故；《诗经》所录原来全是乐歌[2]，乐歌重在歌、诵，所以多称"歌""诵"。不过歌、诵有时也不合乐，那便是徒歌，与讴、谣同类。徒歌大都出于庶民，记载下来的不多。前引《国语》中所谓"庶人传语"，所谓"胪

---

① 《古史辨》一册二〇一面，又三册下三一六至三一七面。又徐中舒《豳风说》，中央研究院历史语言研究所《集刊》第六本第四分四四八面。

② 顾颉刚《论诗经所录全为乐歌》，《古史辨》三下。

言"，该包含着这类东西。这里面有"谤"也有"誉"，有讽也有颂——郑舆人诵子产，最为著名。也有非讽非颂的"缘情"之作，见于记载的如《左传·成公十七年》的声伯《梦歌》。但这类"缘情"之作所以保存下来，并非因为它们本身的价值，而是别有所为。如《左传》录声伯《梦歌》，便为的记梦的预兆。《诗经》里一半是"缘情"之作，乐工保存它们却只为了它们的声调，为了它们可以供歌唱。那时代是还没有"诗缘情"的自觉的。

（二）赋诗言志

《左传》里说到诗与志的关系的共三处，襄公二十七年最详：

> 郑伯享赵孟于垂陇，子展、伯有、子西、子产、子大叔、二子石从。赵孟曰："七子从君，以宠武也，请皆赋，以卒君贶。武亦以观七子之志。"
>
> 子展赋《草虫》。赵孟曰："善哉！民之主也！抑武也不足以当之。"
>
> 伯有赋《鹑之贲贲》。赵孟曰："床笫之言不逾阈，况在野乎！非使人之所得闻也。"

子西赋《黍苗》之四章。赵孟曰："寡君在，武何能焉！"

子产赋《隰桑》。赵孟曰："武请受其卒章。"

子大叔赋《野有蔓草》。赵孟曰："吾子之惠也！"

印段（子石）赋《蟋蟀》。赵孟曰："善哉！保家之主也！吾有望矣。"

公孙段（子石）赋《桑扈》。赵孟曰："'匪①交匪敖'，福将焉往！若保是言也，欲辞福禄，得乎！"

卒享，文子告叔向曰："伯有将为戮矣。诗以言志。志诬其上而公怨之，以为宾荣，其能久乎！幸而后亡！"

叔向曰："然。已侈。所谓不及五稔者，夫子之谓矣。"

文子曰："其余皆数世之主也。子展其后亡者也，在上不忘降。印氏其次也，乐而不荒，乐以安民，不淫以使之，后亡，不亦可乎！"

———————

① 《诗经·小雅·桑扈》篇作"彼"字。

这里赋诗的郑国诸臣，除伯有外，都志在称美赵孟，联络晋、郑两国的交谊。赵孟对于这些颂美，"有的是谦而不敢受，有的是回敬几句好话"[①]。只伯有和郑伯有怨，所赋的诗里有云："人之无良，我以为君！"是在借机会骂郑伯。所以范文子说他"志诬其上而公怨之"。又，在赋诗的人，诗所以"言志"；在听诗的人，诗所以"观志""知志"。"观志"已见，"知志"见《左传·昭公十六年》：

> 郑六卿饯宣子于郊。宣子曰："二三君子请皆赋，起亦以知郑志。"

"观志"或"知志"的重要，上引例中已可见，但下一例更显著。《左传·襄公十六年》云：

> 晋侯与诸大夫宴于温，使诸大夫舞，曰："歌诗必类。"齐高厚之诗不类。荀偃怒，且曰："诸侯有异志矣！"使诸大夫盟高厚。高厚逃归。于是叔孙豹、晋荀偃、宋向戌、卫宁殖、郑公孙虿、小邾

---

①　顾颉刚先生语，《古史辨》三下三三〇至三三一面。

之大夫盟曰："同讨不庭！"

孔颖达《正义》说："歌古诗，各从其恩好之义类。"高厚所歌之诗独不取恩好之义类，所以说"诸侯有异志"。

这都是从外交方面看，诗以言诸侯之志，一国之志，与献诗陈己志不同。在这种外交酬酢里言一国之志，自然颂多而讽少，与献诗相反。外交的赋诗也有出乎酬酢的讽颂即表示态度之外的。雷海宗先生曾在《古代中国的外交》一文中指出：

> 赋诗有时也可发生重大的具体作用。例如文公十三年郑伯背晋降楚后，又欲归服于晋，适逢鲁文公由晋回鲁，郑伯在半路与鲁侯相会，请他代为向晋说情，两方的应答全以赋诗为媒介。郑大夫子家赋《小雅·鸿雁》篇，义取侯伯哀恤鳏寡，有远行之劳，暗示郑国孤弱，需要鲁国哀恤，代为远行，往晋国去关说。鲁季文子答赋《小雅·四月》篇，义取行役逾时，思归祭祀；这当然是表示拒绝，不愿为郑国的事再往晋一行。郑子家又赋《载驰》篇之第四章，义取小国有急，相求大国救助。鲁季文子又答赋《小雅·采薇》篇之第四章，取其"岂敢

定居，一月三捷"之句，鲁国过意不去，只得答应为郑奔走，不敢安居①。

郑人赋诗，求而兼颂；鲁人赋诗，谢而后许。虽也还是"言志"，可是在办交涉，不止于酬酢了。称为"具体的重大作用"，是不错的，但赋诗究竟是酬酢的多。

不过就是酬酢的赋诗，一面言一国之志，一面也还流露着赋诗人之志，他自己的为人。垂陇之会，范文子论伯有、子展、印氏等的先亡后亡，便是从这方面着眼，听言知行而加推断的。《汉书》三十《艺文志》说："古者诸侯卿大夫交接邻国，以微言相感，当揖让之时，必称诗以谕其志。盖以别贤不肖而观盛衰焉。"这也是"观志"，《荀子》里称为"观人"。春秋以来很注重观人，而"观人以言"（《非相》篇）更多见于记载。"言"自然不限于赋诗，但"诗以言志"，"志以定言"②，以赋诗"观人"也是顺理成章的。如此论诗，"言志"便引申了表德一义，不止于献诗陈志那样简单了。再说春秋时的赋诗虽然有时也有献诗之义，如上文所论，但外交的赋诗却都非自作，只是借诗言志。借诗言志并且也不限于外交，

① 　清华大学《社会科学》三卷一期，二至三面。
② 　《左传·昭公二十九年》。

《国语·鲁语下》有一段记载：

> 公父文伯之母欲室文伯，飨其宗老，而为赋《绿衣》之三章。老请守龟卜室之族。师亥闻之曰："善哉！男女之飨，不及宗臣；宗室之谋，不过宗人。谋而不犯，微而昭矣。诗所以合意，歌所以咏诗也。今诗以合室，歌以咏之，度于法矣！"

《绿衣》之三章云："我思古人，实获我心。"韦昭解这回赋诗之志是"古之贤人正室家之道，我心所善也"。可见这种赋诗也用在私室的典礼上。韦昭解次"合"字为"成"；以现成的诗合自己的意，而以成礼，是这种赋诗的确释。清劳孝舆《春秋诗话》卷一云：

> 风诗之变，多春秋间人所作。……然作者不名，述者不作，何欤？盖当时只有诗，无诗人。古人所作，今人可援为己诗，彼人之诗，此人可赓为自作，期于"言志"而止。人无定诗，诗无定指，以故可名不名，不作而作也。

论当时作诗和赋诗的情形，都很确切。

朱自清学术文选

这种赋诗的情形关系很大。献诗的诗都有定指，全篇意义明白。赋诗却往往断章取义，随心所欲，即景生情，没有定准。譬如《野有蔓草》，原是男女私情之作，子大叔却堂皇的赋了出来；他只取其中"邂逅相遇，适我愿兮"两句，表示欢迎赵孟的意思。上文"野有蔓草，零露溥兮。有美一人，清扬婉兮"，以及下章，恐怕都是不相干的①。断章取义只是借用诗句作自己的话。所取的只是句子的文义，就是字面的意思；而不管全诗用意，就是上下文的意思。——有时却也取喻义，如《左传·昭公元年》，郑伯享赵孟，鲁穆叔赋《鹊巢》，便是以"鹊巢鸠居""喻晋君有国，赵孟治之"（杜预注）。但所取喻义以易晓为主；偶然深曲些，便须由赋诗人加以说明②。那时代只要诗熟，听人家赋，总知道所要言的志；若取喻义，就不能如此共晓了。听了赋诗而不知赋诗人的志的，大概是诗不熟，唱着听不清楚。所以卫献公教

① 《左传·僖公二十三年》"公赋《六月》"句《正义》云："古者礼会，因古诗以见意，故言赋诗断章也。其全称诗篇者，多取首章之义。"

② 如《左传·昭公元年》，鲁穆叔赋《采蘩》篇给赵孟听，那诗的首章云："于以（何）采蘩？于沼于沚。于以（何）用之？公侯之事。"穆叔说明他的用意是："小国像蘩草似的，大国若爱惜着用它，它总听用的。"

师曹歌《巧言》篇的末章给孙蒯听，讽刺孙文子"无拳无勇，职为乱阶"。师曹存心捣乱，还怕唱着孙蒯不懂，便朗诵了一回——"以声节之曰'诵'"，"诵"是有节奏的①——孙蒯告诉孙文子，果然出了乱子②。还有，不明了事势也不能知道赋诗人的志。齐庆封聘鲁，与叔孙穆子吃饭，不敬。叔孙赋《相鼠》，讽刺他"人而无仪，不死何为"！他竟不知道。后来因乱奔鲁，叔孙穆子又请他吃饭，他吃品还是不佳，叔孙不客气，索性教乐工朗诵《茅鸱》给他听；这是逸诗，也是刺不敬的。但是庆封还是不知道③。他实在太糊涂了！赋诗大都是自己歌唱。有时也教乐工歌唱；《左传》有以赋诗为"肄业"（习歌）的话，有"工歌""使大师歌"的话④，又刚才举的两例中也由乐工诵诗。赋诗和献诗都合乐；到春秋时止，诗乐还没有分家。

---

① 《周礼·大司乐》"兴道讽诵言语"郑玄注。《墨子·公孟》篇"诵诗三百，弦诗三百，歌诗三百，舞诗三百"，"诵"无弦乐相配，似乎只有节奏——也许是配鼓罢。

② 《左传·襄公十四年》。

③ 《左传》襄公二十七年、二十八年。

④ 分见《左传》文公四年，襄公四年、十四年。

（三）教诗明志

论"诗言志"的不会忘记《诗大序》,《大序》云:

> 诗者,志之所之也。在心为志,发言为诗。情
> 动于中而形于言;言之不足,故嗟叹之;嗟叹之不
> 足,故永歌之;永歌之不足,不知手之舞之,足之
> 蹈之也。情发于声,声成文谓之音。……故正得失,
> 动天地,感鬼神,莫近于诗。先王以是经夫妇,成
> 孝敬,厚人伦,美教化,移风俗。

前半段明明从《尧典》的话脱胎。《大序》托名子夏,而
与《毛传》一鼻孔出气,当作于秦、汉之间。文中说
"在心为志,发言为诗",却又说"情动于中而形于言",
又说"吟咏情性,以风其上"。《正义》云:"情谓哀乐
之情。""志"与"情"原可以是同义词;感于哀乐,"以
风其上",就是"言志"。"在心"两句从"诗言志""志
以发言"[①]"志以定言"等语变出,还是"诗言志"之意;
但特别看重"言",将"诗"与"志"分开对立,口气便

---

① 《左传·襄公二十七年》。

不同了。此其一。既说"情动于中而形于言",又说"情发于声",可见诗与乐分了家。此其二。"正得失"是献诗陈志之义,"动天地,感鬼神",似乎就是《尧典》的"神人以和"。但说先王以诗"美教化,移风俗",却与献诗陈志不同;那是由下而上,这是由上而下。也与赋诗言志不同,赋诗是"为宾荣",见己德——赋诗人都是在上位的人。此其三。献诗和赋诗都着重在听歌的人,这里却多从作诗方面看。此其四。总而言之,这时代诗只重义而不重声,才有如上的情形。还有,陆贾《新语·慎微》篇也说道:

> 故隐之则为道,布之则为文(衍文?)诗;在心为志,出口为辞。

"出口为辞"更见出重义来。而以诗为"道"之显,即以"布道"为"言志",虽然也是重义的倾向,却能阐明"诗言志"一语的本旨。

诗与乐分家是有一段历史的。孔子时雅乐就已败坏,诗与乐便在那时分了家。所以他说:"恶郑声之乱雅乐也。"(《论语·阳货》)又说:"兴于诗,立于礼,成于乐。"(《泰伯》)诗与礼乐在他虽还联系着,但已呈露鼎足三分的形势了。当时献诗和赋诗都已不行。除宴享祭祀还用诗为仪式歌，像《仪礼》所记外①，一般只将诗用在言语上；孔门更将它用在修身和致知——教化——上。言语引诗，春秋时就有，见于《左传》的甚多。用在修身上，也始于春秋时。《国语·楚语上》记庄王使士亹傅太子箴，士亹问于申叔时，叔时道：

> ……教之诗而为之导广显德，以耀明其志。

韦昭解云："导，开也。显德谓若成汤、文、武、周公之属，诸诗所美者也。""耀明其志"指受教人之志，就是读诗人之志；"诗以言志"，读诗自然可以"明志"。又上引范文子论赋诗，从诗语见伯有等为人，就已包含诗可表德的意思，到了孔子，话却说得更广泛了。他说：

> 小子何莫学夫诗！诗可以兴，可以观，可以群，可以怨。迩之事父，远之事君。多识于鸟兽草木之名。（《阳货》）

---

① 孔子曰："《关雎》乐而不淫，哀而不伤。"（《论语·八佾》）又曰："师挚之始，《关雎》之乱，洋洋乎盈耳哉！"（《泰伯》）都是论乐的话，故知当时这种仪式歌尚有存者，乐工也还有。

"多识于鸟兽草木之名"，是将诗用在致知上；"诗"字原有"记忆""记录"之义，所以可用在致知上。但这与"言志"无关，可以不论。兴观群怨，事父事君，说得作用如此广大，如此详明，正见诗义之重。但孔子论诗，还是断章取义的，与子贡论"如切如磋，如琢如磨"（《学而》），与子夏论"巧笑倩兮，美目盼兮，素以为绚兮"（《八佾》）可见；不过所取是喻义罢了。又，孔子惟其重诗义，所以才说：

> 《诗》三百，一言以蔽之，曰"思无邪"。（《为政》）

后来《礼记·经解》篇的"温柔敦厚，诗教也"，《诗纬·含神雾》的"诗者持也"[①]，《汉书》卷二十二《礼乐志》的"省其诗而志正"，卷三十《艺文志》的"诗以正言，义之用也"，似乎都是从孔子的话演变出来的。《诗大序》所说"经夫妇，成孝敬，厚人伦，美教化，移风俗"，也是从兴观群怨，"事父事君"等语演变出来的。儒家重德化，儒教盛行以后，这种教化作用极为世人所推尊；"温柔敦厚"便成了诗文评的主要标准。

---

① 《毛诗正义》，《诗谱序》"然则诗之道放于此乎"句下引。

孟子时古乐亡而新声作①，诗更重义了。他说：

> 故说诗者不以文害辞，不以辞害志。以意逆志，是为得之。(《万章上》)

又说：

> 颂（诵）其诗，读其书，不知其人，可乎？是以论其世也。是尚（上）友也。(《万章下》)

"以意逆志"是以己意己志推作诗之志；而所谓"志"都是献诗陈志的"志"，是全篇的意义，不是断章的意义。"不以文害辞，不以辞害志"是反对断章的话。孟子虽然还不免用断章的方法去说诗，但所重却在全篇的说解，却在就诗说诗，看他论《北山》《小弁》《凯风》诸篇可见（《告子下》）。他用的便是"以意逆志"的方法。至于"知人论世"，并不是说诗的方法，而是修身的方法；"颂诗""读书"与"知人论世"原来三件事平列，都是成人的道理，也就是"尚友"的道理。后世误

---

① 《古史辨》卷三下三五二至三五八面。

将"知人论世"与"颂诗读书"牵合，将"以意逆志"看作"以诗合意"，于是乎穿凿傅会，以诗证史。《诗序》就是如此写成的。但春秋赋诗只就当前环境而"以诗合意"。《诗序》却将"以诗合意"的结果就当作"知人论世"，以为作诗的"人""世"果然如此，作诗的"志"果然如此；将理想当作事实，将主观当作客观，自然教人难信。

先秦及汉代多有论"六经"大义的。《庄子·天下》篇云：

> 其在于《诗》《书》《礼》《乐》者，邹、鲁之士搢绅先生多能明之。《诗》以道志，《书》以道事，《礼》以道行，《乐》以道和，《易》以道阴阳，《春秋》以道名分。

这也许是论"六经"大义之最早者。"道志"就是"言志"——《释文》说，道音导，虽本于《周礼·大司乐》，却未免迂曲。又《荀子·儒效》篇云：

> 圣人者，道之管也，天下之道管是矣，百王之道一是矣。故《诗》《书》《礼》《乐》之（道）归

是矣。《诗》言是，其志也①。《书》言是，其事也。《礼》言是，其行也。《春秋》言是，其微也。

这与《天下》篇差不多；但说《诗》只言圣人之志，便成了《诗序》的渊源了。又董仲舒《春秋繁露·玉杯》篇云："诗道志，故长于质。礼制节，故长于文。……"近人苏舆《义证》曰："诗言志，志不可伪，故曰质。"质就是自然。又《汉书·司马迁传》引董仲舒云："诗以达意。""达意"与"言志"同。又《法言·寡见》篇云："说志者莫辨乎诗。""说志"也与"言志"同。这些也都重在诗义上。

诗既重义，献诗原以陈志，有全篇本义可说。赋诗断章，在当时情境中固然有义可说，离开当时情境而就诗论诗。有些本是献诗，也还有义；有些不是献诗，虽然另有其义，却不可说或不值得说，像《野有蔓草》一类男女私情之作便是的。这些既非讽与颂，也无教化作用，便不是"言志"的诗。在赋诗流行的时候，因合乐而存在；诗乐分家，赋诗不行之后，这些诗便失去存在的理由，但事实上还存在着。为了给这些诗找一个存

① 杨倞注云"是儒之志"，以"诗言是其志也"为一句，下仿此。窃疑杨句读有误，所以改成现在样子。

在的理由，于是乎有"陈诗观风"说。《礼记·王制》篇云：

> 岁二月，（天子）东巡守，至于岱宗……觐诸侯。……命大师陈诗以观民风。

郑玄注："陈诗，谓采其诗而视之。"孔颖达《正义》云："乃命其方诸侯大师，是掌乐之官，各陈其国风之诗，以观其政令之善恶。"孔说似乎较合原义些。

自然，若要进一步考查那些诗的来历，"采诗"说便用得着了。《汉书·艺文志》云：

> 《书》曰："诗言志，歌咏言。"故哀乐之心感，而歌咏之声发。诵其言谓之诗，咏其声谓之歌。故古有采诗之官，王者所以观风俗，知得失，自考正也。

采诗有官，这个官就是"行人"。《汉书》二十四上《食货志》云：

> 冬，民既入……男女有不得其所者，因相与歌

咏，各言其伤。……孟春之月，群居者将散，行人振木铎徇于路以采诗[①]，献之大师；比其音律，以闻于天子。

这样，采诗的制度便很完备了。只看"比其音律"一语，便知是专为乐诗立说；像《左传》里"城者讴""舆人诵"那些徒歌，是不在采录、陈献之列的。这是什么原故呢？原来汉代有采歌谣的制度，《艺文志》云：

自孝武立乐府而采歌谣，于是有代、赵之讴，秦、楚之风，皆感于哀乐，缘事而发，亦可以观风俗，知薄厚云。

徐中舒先生指出采诗说便是受了这件事的暗示而创立的[②]；那么，就无怪乎顾不到《左传》里那些讴、诵等等了。《王制》篇出于汉儒之手，是理想，非信史，"陈诗"说也靠不住。"陈诗""采诗"虽为乐诗立说，但指

---

① 《左传·襄公十四年》引《夏书》曰："遒人以木铎徇于路。"但无"采诗"之文。

② 徐中舒《豳风说》，见中央研究院历史语言研究所《集刊》第六本第四分四三一面。

出"观风"，便已是重义的表现。而要"观风俗，知得失"，就什么也得保存着，男女私情之作等等当然也在内了。这类诗于是乎有了存在的理由。

《诗大序》说"国史明乎得失之迹，伤人伦之废，哀刑政之苛，吟咏情性以风其上"。《汉书》所谓"哀乐之心感而歌咏之声发"，"感于哀乐，缘事而发"，以及"各言其伤"，其实也是"吟咏情性"，不过"吟咏"的人不一定是"国史"，也不必全是"伤人伦之废，哀刑政之苛"罢了。"吟咏情性"原已着重作诗人，西汉时《韩诗》里有"饥者歌食，劳者歌事"的话，更显明的着重作诗人，并显明的指出诗的"缘情"作用。但《韩诗·伐木》篇说云：

> 《伐木》废，朋友之道缺。劳者歌其事，诗人伐木，自苦其事。

说到"朋友之道"，可见所重还在讽，还在"以风其上"。班氏的话，与"歌食""歌事"义略同，但归到"以观风俗"，所重也还在"以风其上"。两家论到诗的"缘情"作用，都只是说明而不是评价。《伐木》篇若不关涉到朋友之道的完缺，"歌事"便无价值可言。诗歌若不采而陈之，"哀乐之心""歌咏之声"又有何用？可见这类"缘情"的诗的真正价值并不在"缘情"，而在表现民俗，"以风其上"。不过献诗时代虽是作诗陈一己的志，却非关一己的事。赋诗时代更只以借诗言一国之志为主，偶然有人作诗——那时一律称为"赋"诗——也都是讽颂政教，与献诗同旨。总之，诗乐不分家的时代只着重听歌的人；只有诗，无诗人，也无"诗缘情"的意念。诗乐分家以后，教诗明志，诗以读为主，以义为用；论诗的才渐渐意识到作诗人的存在。他们虽还不承认"诗缘情"的本身价值，却已发现了诗的这种作用，并且认为"王者"可由这种"缘情"的诗"观风俗，知得失，自考正"。那么"缘情"作诗竟与"陈志"献诗殊途同归了。但《诗大序》既说了"在心为志，发言为诗"，又说"情动于中而形于言"，又说"吟咏情性"；后二语虽可以算是"言志"的同义语，意味究竟不同。《大序》的作者似乎看出"言志"一语总关政教，不适用于原是"缘情"的诗，所以转换一个说法来解释。到了《韩诗》及《汉书》时代，看得这情形更明白，便只说"歌食""歌事"，只说"哀乐之心"，"各言其伤"，索性不提"言志"了。可见"言志"跟"缘情"到底两样，是不能混为一谈的。

（四）作诗言志

战国以来，个人自作而称为诗的，最早是《荀子·赋》篇中的《佹诗》，首云：

> 天下不治，请陈佹诗。

杨倞注："请陈佹异激切之诗，言天下不治之意也。"诗以四言为主，虽不合乐，还是献诗讽谏的体裁。其次是秦始皇教博士作的《仙真人诗》，已佚。他游行天下的时候，"传令乐人歌弦之"[①]，大约是献诗颂美一类。西汉如韦孟作的《讽谏诗》，韦玄成作的《自劾诗》等[②]，也都是四言，或以讽人，或以自讽，不合乐，可还是献诗的支流余裔。不过当时这种诗并不多。诗不合乐，人们便只能读，只能揣摩文辞，作诗人的名字倒有了出现的机会，作诗人的地位因此也渐渐显著。但真正开始歌咏自己的还得推"骚人"，便是辞赋家。辞赋家原称所作为"诗"，而且是"言志"的"诗"。《楚辞·悲回风》

---

① 《史记·秦始皇本纪》。
② 《汉书》七十三《韦贤传》。

篇道：

> 介眇志之所惑兮，窃赋诗之所明。

又庄忌《哀时命》篇道：

> 志憾恨而不逞兮，抒中情而属诗。

说得都很明白。既然是"诗"，自然就有"言志"作用。

《韩诗外传》卷七记着：

> 孔子游于景山之上，子路、子贡、颜渊从。
>
> 孔子曰："君子登高必赋。小子愿者何？言其愿，丘将启汝。"
>
> 子路曰："愿奋长戟，荡三军，乳虎在后，仇敌在前，蠡跃蛟奋，进救两国之患。"孔子曰："勇士哉！"
>
> 子贡曰："两国构难，壮士列阵，尘埃涨天。赐不持一尺之兵，一斗之粮，解两国之难；用赐者存，不用赐者亡。"孔子曰："辩士哉！"
>
> 颜回不愿。孔子曰："回何不愿？"颜渊曰：

"二子已愿，故不敢愿。"孔子曰："不同，意各有事焉。回其愿，丘将启汝。"颜渊曰："愿得小国而相之，主以道制，臣以德化；君臣同心，外内相应。列国诸侯莫不从义向风。壮者趋而进，老者扶而至。教行乎百姓，德施乎四蛮；莫不释兵，辐辏乎四门。天下咸获永宁。蠉飞蠕动，各乐其性；进贤使能，各任其事。于是君绥于上，臣和于下；垂拱无为，动作中道，从容得礼。言仁义者赏，言战斗者死。则由何进而救，赐何难之解！"孔子曰："圣士哉！大人出，小人匿，圣者起，贤者伏。回与执政，则由、赐焉施其能哉！"

这个故事又见于同书卷九《说苑·指武》篇及伪《家语·致思》篇，但"君子登高必赋"一语都作"二三子各言尔志"。三人所陈皆关政教，确合"言志"本旨。这故事未必真，却可见"赋者古诗之流"（班固《两都赋序》中语），也跟诗一样可以"言志"[1]。所以《汉书·艺文志》道：

春秋之后，周道浸坏。聘问歌咏不行于列国，

---

① 参看彭仲铎《汉赋探源》，《国文月刊》二十二期。

学诗之士逸在布衣，而贤人失志之赋作矣。大儒孙
卿及楚臣屈原，离谗忧国，皆作赋以风，咸有恻隐
古诗之义。

"贤人失志"而作赋，用意仍在乎"风"，这是确有依
据的。不过荀、屈两家并不相同。荀子的《成相辞》和
《赋》篇还只是讽，屈原的《离骚》《九章》，以及传为他
所作的《卜居》《渔父》，虽也歌咏一己之志，却以一己
的穷通出处为主，因而"抒中情"的地方占了重要的地
位——宋玉的《九辩》更其如此。这是一个大转变，"诗
言志"的意义不得不再加引申了；《诗大序》所以必须换
言"吟咏情性"，大概就是因为看到了这种情形。

汉兴以来有所谓"辞人之赋"，"竞为侈丽闳衍之
词，没其讽谕之义"[1]；虽也托为"言志"，其实是"劝
百而讽一"[2]。这些似乎是《荀子·赋》篇中《云》《蚕》
《箴》（针）等篇的扩展，加上屈、宋的辞。沈约《宋
书·谢灵运传论》说"自汉至魏""文体三变"，第一提
到的便是"相如工为形似之言"。"形似之言"扼要的说
明了"辞人之赋"。"形似"不是"缘情"而是"体物"，

---

① 《汉书·艺文志》。
② 《汉书·司马相如传赞》引扬雄语。

现在叫做"描写"，却能帮助发挥"缘情"作用。东汉的赋才真走上"屈原赋"的路；沈约说"二班长于情理之说"，正指此。"情理"就是"情性"①，也就是"志"；这是将"诗言志"跟"吟咏情性"调和了的语言。那时有冯衍的《显志赋》，他的《自论》云：

> 顾尝好俶傥之策，时莫能听用其谋。喟然长叹，自伤不遭。久栖迟于小官，不得舒其所怀。抑心折节，意凄情悲。……乃作赋自厉，命其篇曰《显志》。"显志"者，言光明风化之情，昭章玄妙之思也②。

所谓"显志"，还是自讽"自厉"，但赋的只是一己的穷通。《文选》所录"志赋"，班固《幽通》的"致命遂志"，张衡《思玄》的"宣寄情志"③，其实都是如此；张衡的《归田赋》也只言一己的出处，文同一例。此外可称为"志赋"的还多，明题"志"字的也不少，梁元帝

① 《礼记·乐记》"天理灭矣"郑玄注："理犹性也。"
② 《后汉书》五十八下本传。
③ 《汉书》七十上《叙传》，《后汉书》八十九《张衡传》。

一篇简直题为《言志》①，都是这一类。《檀弓》篇所记"言志"一语，本指穷通而说，如前所论。但"诗"言一己穷通，却从"骚人"才开始。从此"诗言志"一语便也兼指一己的穷通出处。士大夫的穷通出处都关政教，跟"饥者歌食，劳者歌事"原不相同，称为"言志"，也自有理。沈约还说"子建（曹植）、仲宣（王粲）以气质为体"，那却是"缘情"的赋，不能称为"言志"了。

东汉时五言诗也渐兴盛。班固《咏史》述缇萦事，结云："百男何愦愦，不如一缇萦。"②还是感讽之作。到了汉末，有郦炎作诗二篇，其一云：

> 大道夷且长，窘路狭且促。修翼无卑栖，远趾不步局。舒吾凌霄羽，奋此千里足。超迈绝尘驱，倏忽谁能逐！贤愚岂尝类，禀性在清浊。富贵有人籍，贫贱无天录。通塞苟由己，志士不相卜。陈平敖里社，韩信钓河曲。终居天下宰，食此万钟禄。德音流千载，功名重山岳③。

---

① 《文选》十四至十六，又《历代赋汇外集》一至六。
② 《史记·仓公传》张守节《正义》引。
③ 《后汉书》一一〇下本传。

这篇和另一篇，后世题为《见志诗》。诗中道"通塞苟由己，志士不相卜"，"通塞"就是穷通。又《后汉书·仲长统传》也记他"作诗二篇，以见其志"，却是四言。郦炎的《见志》是"吟咏情性"，自述怀抱，而归于政教。仲长统的《见志》也是自述怀抱，但歌咏的是人生"大道"，人生义理；人生义理不离出世、入世两观——仲长统歌咏的是出世观——可以表见德性，并且也还是一种出处，也还反映着政教。后来清代纪昀论"诗言志"，说志是"人品学问之所见"，又说诗"以人品心术为根柢"[①]，正指的这种表见德性而言。当时只有秦嘉《留郡赠妇诗》五言三篇，自述伉俪情好[②]，与政教无甚关涉处。这该是"缘情"的五言诗之始。五言诗出于乐府诗，这几篇——连那两篇四言——也都受了乐府诗的影响。乐府诗"言志"的少，"缘情"的多。辞赋跟乐府诗促进了"缘情"的诗的进展。《诗经》却是经学的一部门，论诗的总爱溯源于《三百篇》，其实往往只是空泛的好古的理论。这时候五言诗大盛。所谓"一字千金"的《古诗十九首》，经多人考定，便作于建安（献帝）前一个时

---

① 依次见《郭茗山诗集序》及《诗教堂诗集序》，《纪文达公文集》九。

② 《玉台新咏》卷一。

期。魏文帝《与吴质书》云："公干（刘桢）有逸气，但未遒耳。其五言诗之善者妙绝时人。"可见建安时五言诗的体制已经普遍，作者也多了；这时代才真有了诗人。但十九首还是出于乐府诗，建安诗人也是如此。到了正始（魏齐王芳）时代，阮籍才摆脱了乐府诗的格调，用五言诗来歌咏自己。他"作《咏怀诗》八十余篇，为世所重"[①]。颜延之云：

> 嗣宗身仕乱朝，常恐罹谤遇祸。因兹发咏，故每有忧生之嗟。虽志在刺讥，而文多隐避，百代之下，难以情测。

"志在刺讥"是"讽"的传统，但"常恐罹谤遇祸"，"每有忧生之嗟"，就都是一己的穷通出处了——虽然也是与政教息息相关的。诗题《咏怀》，其实换成"言志"也未尝不可。

"诗言志"一语虽经引申到士大夫的穷通出处，还不能包括所有的诗。《诗大序》变言"吟咏情性"，却又附带"国史……伤人伦之废，哀刑政之苛"的条件，不便断章取义用来指"缘情"之作。《韩诗》列举"歌

————————

① 《晋书》四十九本传。

食""歌事"，班固浑称"哀乐之心"，又特称"各言其伤"，都以别于"言志"，但这些语句还是不能用来独标新目。可是"缘情"的五言诗发达了，"言志"以外迫切的需要一个新标目。于是陆机《文赋》第一次铸成"诗缘情而绮靡"这个新语。"缘情"这词组将"吟咏情性"一语简单化、普遍化，并檃栝了《韩诗》和《班志》的话，扼要的指明了当时五言诗的趋向。他还说"赋体物而浏亮"，同样扼要的指出了"辞人之赋"的特征——也就是沈约所谓"形似之言"。从陆氏起，"体物"和"缘情"渐渐在诗里通力合作，他有意的用"体物"来帮助"缘情"的"绮靡"。那时据说还有"赋诗观志"的局面。干宝《晋纪》说"泰始（武帝）四年上幸芳林园，与群臣赋诗观志"；孙盛《晋阳秋》说"散骑常侍应贞诗最美"[①]。应贞的诗见《文选》卷二十"公宴诗"，是四言，题为《晋武帝华林园集》，是颂美的献诗。但一般的五言诗却走向"缘情"的路。《文选》二十三有潘岳《悼亡诗》三首，第二首中道："上惭东门吴，下愧蒙庄子。赋诗欲言志，此志难具纪。命也可奈何！长戚自令鄙。"合看这六语，所谓"赋诗言志"，显然指的人生义理。可是

---

① 《文选》二十。

　　　　　　　　朱自清学术文选

就三首诗全体而论，却都是"缘情"之作。东晋有"玄言诗"，抄袭《老》《庄》文句，专一歌咏人生义理，诗钻入一种狭隘的"言志"的觭角里，终于衰灭无存。于是再走上那"缘情"的路。这时代诗人也还有明言自述己志的，可是只指穷通出处，或竟是歌咏人生的"缘情"之作。陶渊明《五柳先生传》说"常著文章自娱，颇示己志"。他志在田园，而又从田园中体验人生；所谓"示志"，兼包这两义而言。谢灵运在《山居赋》里也说"援纸握管……诗以言志"；他从山水的赏悟中歌咏自己的穷通出处——诗却以"体物"著。还有江淹"杂体"中拟嵇康的一首（《文选》三十一），题为《言志》，却以歌咏人生义理为主。

六朝人论诗，少直用"言志"这词组的。他们一面要表明诗的"缘情"作用，一面又不敢无视"诗言志"的传统；他们没有胆量全然撇开"志"的概念，径自采用陆机的"缘情"说，只得将"诗言志"这句话改头换面，来影射"诗缘情"那句话。范晔所谓"见志"便是如此，已见上引。又，沈约《宋书·谢灵运传论》云："民禀天地之灵，含五常之德，刚柔迭用，喜愠分情。夫志动于中，则歌咏外发。……"文中虽提到"六义""四始"，可并不阐发"风化""风刺"的理论。"志动于中"

就是《诗大序》的"情动于中";"刚柔"是性,"喜愠"明说是情,一般的性情便是他所谓"志"。这也就是《诗大序》说的"吟咏情性",只是居然断章取义的去了那些附带的条件。《文心雕龙·明诗》篇云:"人禀七情,应物斯感;感物吟志,莫非自然。"这个"志"明指"七情";"感物吟志"既"莫非自然","缘情"作用也就包在其中。《诗品序》云:"气之动物,物之感人,故摇荡性情,形诸舞咏。"以下列举物候人情,又云:"凡斯种种,感荡心灵。非陈诗何以展其义,非长歌何以骋其情!故曰,诗'可以群,可以怨'。使穷贱易安,幽居靡闷,莫尚于诗矣。"这里只说"性情""心灵",不提"志"字;但"陈诗展义"和"长歌骋情","穷贱易安"和"幽居靡闷",都是"言志""缘情"之别,又引孔子的话,更明是尊重传统的表现。不过孔子是论读诗,钟嵘引用"可以群,可以怨",却移来论作诗——"可以兴,可以观"意义分明,不能移用,所以略去。建安以来既有了诗人,论诗的自然就注重作诗了。

梁代裴子野作《雕虫论》,抨击当时作诗的人。他说:

> 古者"四始""六义",总而为诗。既形四方

之气，且彰君子之志；劝美惩恶，王化本焉。……
宋初迄于元嘉（文帝），多为经史。大明（孝武
帝）之代，实好斯文。……自是闾阎年少，贵游总
角，罔不摈落六艺，吟咏情性。学者以"博依"为
急务，谓章句为专鲁，淫文破典，斐尔为功。无被
于管弦，非止乎礼义。深心主卉木，远志极风云。
其兴浮，其志弱，巧而不要，隐而不深。（《文苑英
华》七四二）

他在主张恢复经学，也在主张恢复"诗言志"的传统；
诗至少要吟咏穷通出处，不当在"卉木""风云"里兜
圈子。他抨击的是"缘情""体物"的诗。他引用"吟咏
情性"一语，实指"缘情"而言；这揭穿了一般调和论
者的把戏。但他虽能看出"言志"跟"吟咏情性"不同，
在"远志"和"其志弱"二语里却还将所谓"志"与
"情"混为一谈。这可见词语的一般用例影响之大。《雕
虫论》并没有能够挽回"缘情"的五言诗的趋势，更没
有能够恢复"志"字的传统用例。反之，那"情""志"
含混或调和的语例，倒渐渐标准化起来。唐代孔颖达
《毛诗正义》解释《诗大序》里"诗者，志之所之也。在
心为志，发言为诗"几句道：

此又解作诗所由。诗者，人志意之所之适也。虽有所适，犹未发口，蕴藏在心，谓之为"志"。发见于言，乃名为"诗"。言作诗者，所以舒心志愤懑，而卒成于歌咏。故《虞书》谓之"诗言志"也。包管万虑，其名曰"心"；感物而动，乃呼为"志"。志之所适，万物感焉。言悦豫之志，则和乐兴而颂声作；忧愁之志，则哀伤起而怨刺生。《艺文志》云："哀乐之情感，歌咏之声发。"此之谓也。

这里"所以舒心志愤懑"，"感物而动，乃呼为'志'"，"言悦豫之志""忧愁之志"，都是"言志""缘情"两可的含混的话。孔氏诗学，上承六朝，六朝诗论免不了影响经学，也不免间接给他影响。这正是时代使然。"志""情"含混的语例既得经学的接受，用来解释《诗大序》里那几句话，这个语例便标准化了，更有权威了。

不过直用"言志"这词组，就不能如此含混过去。这词组虽然渐渐少用在讽与颂的本义上，但总还贴在穷通出处上说，不离政教。唐代李白有《春日醉起言志》诗云：

处世若大梦，胡为劳其生？所以终日醉，颓然卧前楹。觉来盼庭前，一鸟花间鸣。借问此何时？春风语流莺。感之欲叹息，对酒还自倾。浩歌待明月，曲尽已忘情。（《李太白集》二十四）

这里歌咏人生义理，是一种隐逸的出世观，也是一种出处的怀抱，所以题为"言志"。又白居易的《初除户曹喜而言志》诗云：

　　诏受户曹掾，捧诏感君恩。感恩非为己，禄养及吾亲。弟兄俱簪笏，新妇俨衣巾；罗列高堂下，拜庆正纷纷。俸钱四五万，月可奉晨昏；廪禄二百石，岁可盈仓囷。喧喧车马来，贺客满我门。不以我为贪，知我家内贫。置酒延宾客，客容亦欢欣；笑云"今日后，不复忧空樽"。答云"如君言，愿君少逡巡。我有平生志，醉后为君陈：人生百岁期，七十有几人？浮荣及虚位，皆是身之宾。唯有衣与食，此事粗关身。苟免饥寒外，余物尽浮云"。（《白氏长庆集》五）

这也是穷通出处的怀抱，所谓"平生志"，是一种入世观。白氏在《与元九（稹）书》中将自己的诗分为"讽谕诗""闲适诗"等四类，这一篇便在"闲适诗"里。他说：

> 仆志在兼济，行在独善。奉而始终之则为道，言而发明之则为诗。谓之"讽谕诗"，"兼济"之志也。谓之"闲适诗"，"独善"之义也。故览仆诗者，知仆之道焉。

"兼济"的"讽谕诗"不用说整个儿是"言志"的，"独善"的"闲适诗"明明也有一部分是"言志"的。这是"言志"的讽颂本义跟穷通出处引申义分别应用的显例；以"兼济"与"独善"二语阐明这两个意义，最是简当明确。他说"奉而始终之则为道，言而发明之则为诗"，略同前引陆贾《新语》，却是六朝"因文明道"说的影响[1]。照这样说，"诗言志"简直就是"诗以明道"了——这个"道"却只指政教。这也能阐明"诗言志"一语的本旨。还有南宋王应麟《困学纪闻》十八云：

> 诗言志。"秀干终成栋，精钢不作钩"（《端州郡斋壁诗》），包孝肃之志也。"人心正畏暑，水面

---

① 《文心雕龙·原道》篇："道沿圣以垂文，圣因文而明道。"

独摇风"(《荷花诗》),丰清敏之志也[1]。

三个譬喻象征着包拯和丰稷的为人;这是表见德性的诗,也是"言志"的诗,而德性是"道"的一目。

"诗言志"的传统经两次引申、扩展以后,始终屹立着。"诗缘情"那新传统虽也在发展,却老只掩在旧传统的影子里,不能出头露面。直到清代,纪昀论诗,还以"发乎情而不必止乎礼义"一派归罪于陆机这一句话,说"其究乃至于绘画横陈"[2],可以为证。这中间就是文坛革命家也往往不敢背弃这个传统,因为它太古老了。如明代公安派虽说诗"以发抒性灵为主"[3],竟陵派就不同一些。钟惺《喜邹愚谷至白门,以中秋夜诸名士共集俞园赋诗序》篇末云:

> 履簪杂遝,高人自领孤情;丝竹喧阗,静者能通妙理。各称诗以言志,用体物而书时[4]。

---

① 参看翁元圻注。

② 《云林诗钞序》,《纪文达公文集》九。

③ 袁中道《珂雪斋文集》二《阮集之诗序》里说:"中郎(宗道)……以发抒性灵为主。"

④ 见明郑元勋《媚幽阁文娱》铅印本九二面;检《钟伯敬合集》,此文未收入。

"称诗言志"，并以"体物书时"。"体物""书时"虽是"缘情"一面，"高情""妙理"却是人生义理；诗兼"言志""缘情"两用，而所谓"言志"还是皈依旧传统的。又谭友夏《王先生诗序》云：

> 予又与之述故闻曰，诗以道性情也。……夫性情，近道之物也。近道者，古人所以寄其微婉之思也。①

这里虽只说"道性情"，不提"言志"，但所谓"近道之物""微婉之思"，其实还是"言志"论。清代袁枚也算得一个文坛革命家，论诗也以性灵为主；到了他才将"诗言志"的意义又扩展了一步，差不离和陆机的"诗缘情"并为一谈。他在《与邵厚庵太守论杜茶村文书》中说道：

> 诗言志。劳人思妇都可以言，《三百篇》不尽学者作也。（《小仓山房文集》十九）

劳人思妇都是在"言志"，这是前人不曾说过的。可是在

① 《谭友夏合集》九。

《随园诗话》一文里他又道：

> 《三百篇》半是劳人思妇率意言情之事。

那么，他所谓"言志""言情"只是一个意义了。这是将
"诗言志"的意义第三次引申，包括了"歌食""歌事"
和"哀乐之心""各言其伤"那些话。

袁氏以为"诗言志"可以有许多意义，在《再答李
少鹤书》列举他以为的：

> 来札所讲"诗言志"三字，历举李、杜、放翁
> 之志，是矣，然亦不可太拘。诗人有终身之志，有
> 一日之志，有诗外之志，有事外之志，有偶然兴
> 到，流连光景，即事成诗之志；"志"字不可看杀
> 也。谢傅游山，韩熙载之纵伎，此岂其本志哉？
> （《小仓山房尺牍》十）

这里"志"字含混着"情"字。列举的各项，界划不尽
分明。"终身之志"似乎是出处穷通，"事外之志"似乎
是出世的人生观；这些是与旧传统相合的。别的就不然。
作例的"谢傅游山"也合于"诗言志"的旧义，上文已

论。"韩熙载之纵伎"也许是所谓"诗外之志"，就是古诗所谓"行乐须及时"；但"发乎情"而不"止乎礼义"，只是"缘情"或"言情"，不是传统的"言志"。不过袁氏所谓"言情"却又与"缘情"不同。他在《答蕺园论诗书》里说愿效白傅（白居易）、樊川（杜牧），不愿删自己的"缘情诗"，并有"情所最先，莫如男女"的话（《小仓山房文集》三十）。那么，他所谓"缘情诗"，只是男女私情之作；这显然曲解了陆机原语。然而按他所举那"纵伎"的例，似乎就是这种狭义的"缘情诗"也可算作"言志"。这样的"言志"的诗倒跟我们现代译语的"抒情诗"同义了。"诗缘情"那传统直到这时代才算真正抬起了头。到了现在，更有人以"言志"和"载道"两派论中国文学史的发展，说这两种潮流是互为起伏的。所谓"言志"是"人人都得自由讲自己愿意讲的话"；所谓"载道"是"以文学为工具，再借这工具将另外的更重要的东西——道——表现出来"①。这又将"言志"的意义扩展了一步，不限于诗而包罗了整个儿中国文学。这种局面不能不说是袁枚的影响，加上外来的"抒情"意念——"抒情"这词组是我们固有的，但现在的涵义

---

① 邓恭三记录《中国新文学的源流》三七面、三四面。

却是外来的——而造成。现时"言志"的这个新义似乎已到了约定俗成的地位。词语意义的引申和变迁本有自然之势，不足惊异；但我们得知道，直到这个新义的扩展，"'文以载道'，'诗以言志'，其原实一"[①]。

与"诗言志"这一语差不多同时或较早，还有"言以足志"一语。《左传·襄公二十五年》引孔子赞子产道：

> 志（古书）有之："言以足志，文以足言。"不言，谁知其志？言之无文，行而不远。晋为伯，郑入陈，非文辞不为功，慎辞也。

杜注："足，犹成也。"照《左传》的记载及孔子的解释，"言"是"直言"[②]，"文"是"文辞"。言以成意，还只是说明；文以行远，便是评价了。这与"诗言志"原来完全是两回事，后世却有混而为一的。唐中叶古文运动先驱诸人，往往如此。如独孤及《赵郡李公中集序》云：

> 志非言不形，言非文不彰。是三者相为用，亦

---

① 《山谷全书》清盛炳炜序中语。
② 《说文·言部》："古言曰言，论难曰语。"

犹涉川者假舟楫而后济。自"典谟"缺,"雅颂"寝,王道陵夷,文教下衰。故作者往往先文字,后比兴。其风流荡而不返,乃至有饰其词而遗其意者,则润色愈工,其实愈丧。……天下雷同,风驰云趋,文不足言,言不足志。亦犹木兰为舟,翠羽为楫,玩之于陆而无涉川之用。(《毗陵集》十三)

他以"足志""足言"为讽颂(比兴),便是"诗言志"的影响,而不是那两句话的本义了。又有将这两句话与《诗大序》的话参合起来的,如尚衡《文道元龟》论"志士之文"云:

> 志士之作,介然以立诚,愤然有所述,言必有所讽,志必有所之,词寡而意恳,气高而调苦,斯乃感激之道焉。(《全唐文》三九四)

论文而"言""志"并举,自然从孔子的话来,而"有所讽""有所之"却全是《诗大序》的意思。又柳冕《答荆南裴尚书论文书》云:

> 君子之儒,学而为道,言而为经,行而为

教，声而为律，和而为音。……故"在心为志，发言为诗"，谓之文；兼三才而名之曰儒。儒之用，文之谓也。言而不能文，君子耻之。(《全唐文》五二七)

这里"志""言""文"并举，却简直抄袭了《诗大序》的句子。"文"是所谓文教合一的文，作用正在讽与颂。柳冕又有《与徐给事论文书》云：

> 文章本于教化，形于治乱，系于国风。故在君子之心为志，形君子之言为文，论君子之道为教。(《全唐文》五二七)

也是"志""言""文"并举，也抄《诗大序》，可是"志"之外又叠床架屋加上一个"道"，这是六朝以来"文以明道"说的影响。道的概念比志的概念广泛得多，用以论文，也许合适些。"文以言志"说虽经酝酿，却未确立，大概就是这个原故了[①]。

---

① 参看金克木《为载道辩》，见民国二十四年（1935）十二月五日天津《益世报·读书周刊》。

陶诗的深度

——评古直《陶靖节诗笺定本》

（《层冰堂五种》之三）

注陶诗的南宋汤汉是第一人。他因为《述酒》诗"直吐忠愤"，而"乱以瘦诗，千载之下，读者不省为何语"，故加笺释。"及他篇有可发明者，亦并著之。"所以《述酒》之外，注的极为简略。后来有李公焕的《笺注》，比较详些；但不止笺注，还采录评语。这个本子通行甚久；直到清代陶澍的《靖节先生集》止，各家注陶，都跳不出李公焕的圈子。陶澍的《靖节先生年谱考异》，却是他自力的工作。历来注家大约总以为陶诗除《述酒》等二三首外，文字都平易可解，用不着再费力去作注；一面趣味便移到字句的批评上去，所以收了不少评语。

评语不是没有用，但夹杂在注里，实在有伤体例；仇兆鳌《杜诗详注》为人诟病，也在此。注以详密为贵；密就是密切、切合的意思。从前为诗文集作注，多只重在举出处，所谓"事"；但用"事"的目的所谓"义"，也当同样看重。只重"事"，便只知找最初的出处，不管与当句当篇切合与否；兼重"义"才知道要找那些切合的。有些人看诗文，反对找出处；特别象陶诗，似乎那样平易，给找了出处倒损了它的天然。钟嵘也曾从作者方面说过这样的话；但在作者方面也许可以这么说，从读者的了解或欣赏方面说，找出作品字句篇章的来历，却一面教人觉得作品意味丰富些，一面也教人可以看出那些才是作者的独创。固然所能找到的来历，即使切合，也还未必是作者有意引用；但一个人读书受用，有时候却便在无意的浸淫里。作者引用前人，自己尽可不觉得；可是读者得给搜寻出来，才能有充分的领会。古先生《陶靖节诗笺定本》用昔人注经的方法注陶，用力极勤；读了他的书才觉得陶诗并不如一般人所想的那么平易，平易里有的是"多义"。但"多义"当以切合为准，古先生书却也未必全能如此，详见下。

从《古笺定本》引书切合的各条看，陶诗用事，《庄子》最多，共四十九次，《论语》第二，共三十七次，

《列子》第三，共二十一次。曾用吴瞻泰《陶诗汇注》及陶澍注本比看，本书所引为两家所无者，共《庄子》三十八条，《列子》十九条；至于引《论语》处两家全未注出，当时大约因为这是人人必读书，所以从略。这里可以看出古先生爬罗剔抉的工夫；而《列子》书向不及《庄子》煊赫，陶诗引《列子》竟有这些多条，尤为意料所不及。沈德潜说："晋人诗旷达者征引《老》《庄》，繁缛者征引班杨，而陶公专用《论语》。汉人以下宋人以前，可推圣门弟子者渊明也。"照本书以引，单是《庄子》便已比《论语》多；再算上《列子》，两共七十次，超过《论语》一倍有余。那么，沈氏的话便有问题了。历代论陶，大约六朝到北宋，多以为"隐逸诗人之宗"，南宋以后，他的"忠愤"的人格才扩大了。本来《宋书》本传已说他"耻复屈身异代"等等。经了真德秀诸人重为品题，加上汤汉的注本，渊明的二元的人格才确立了。但是渊明的思想究竟受道家影响多，还是受儒家影响多，似乎还值得讨论。沈德潜以多引《论语》为言。考渊明引用《论语》诸处，除了字句的胎袭，不外"游好在六经""忧道不忧贫"两个意思。这里《六经》自是儒家典籍，固穷也是儒家精神，只是"道"是什么呢？渊明两次说"道丧向千载"。但如何才叫做"道丧"，我们可以看《饮酒》诗第二十云："羲农去我久，举世少复真。汲汲鲁中叟，弥缝使其淳。""真"与"淳"都不见于《论语》。什么叫"真"呢？我们可以看《庄子·渔父》篇云：

> 真者，所以受于天也。自然不可易也。故圣人法天贵真，不拘于俗。

"真"就是自然。"淳"呢？《老子》五十八章，"其政闷闷，其民淳淳"，王弼注云：

> 言善治政者无形无名，无事无政可举，闷闷然卒至于大治，故曰"其政闷闷"也。其民无所争竞，宽大淳淳，故曰"其民淳淳"也。

陶《劝农》诗云："悠悠上古，厥初生民，傲然自足，抱朴含真。"《感士不遇赋》云："……抱朴守静，君子之笃素。自真风告逝，大伪斯兴。……""抱朴"也是老子的话，也就是"淳"的一面。"真"和"淳"都是道家的观念，而渊明却将"复真""还淳"的使命加在孔子身上；此所谓孔子学说的道家化，正是当时的趋势。所以陶诗里主要思想实在还是道家。又查慎行《诗评》论《归园田居》诗第四云："先生精于释理，但不入社耳。"此指"人生似幻化，终当归空无"二语。但本书引《列子》《淮南子》解"幻化""归空无"甚确。陶诗里实在也看不出佛教影响。

陶诗里可以确指为"忠愤"之作者，大约只有《述酒》诗和《拟古》诗第九。《述酒》诗"瘦词"太多，古先生所笺可以说十得六七，但还有不尽可信的地方——比汤注自然详密得远了。《拟古》诗第九怕只是泛说，本书以为"追痛司马休之之败"，却未免穿凿。至于《拟古》诗第三、第七，《杂诗》第九、第十一，《读山海经》诗第九，本书也都以史事比附，文外悬谈，毫不切合，难以起信。大约以"忠愤"论陶的，《述酒》诗外，总以《咏荆轲》《咏三良》及《拟古》诗，《杂诗》助成其说。汤汉说："三良与主同死，荆轲为主报仇，皆托古以自见。"其实"三良"与"荆轲"都是诗人的熟题目：曹植有《三良诗》，王粲《咏史》诗也咏"三良"；阮瑀有《咏史》诗二首，咏"三良"及荆轲事。渊明作此二诗，不过老实咏史，未必别有深意。真德秀、汤汉又以《拟古》诗第八"首阳""易水"为说；但还只是偶尔断章取义。刘履作《选诗补注》乃云"凡靖节退休后所作之诗，类多悼国伤时托讽之词。然不欲显斥，故以'拟古'·'杂诗'等目名其题"，二十一篇诗就全变成"忠愤"之作了。到了古先生，更以史事枝节傅会，所谓变本加厉。固然这也有所本，诗《毛传》《郑笺》可以说便是如此；但毛郑所引史实大部分岂不也是不切合的！以上这些诗，连《述酒》在内，历来并不认为渊明的好诗。朱熹虽评《咏荆轲》诗"豪放"，但他总论陶诗，只说"平淡出于自然"，他所重的还是"萧散冲澹之趣"，便是那些田园诗里所表现的。田园诗才是渊明的独创；他到底还是"隐逸诗人之宗"，钟嵘的评语没有错。朱熹又说"陶欲有为而不能者也"，这却有些对的。《杂诗》第五云："忆我少壮时，无乐自欣豫。猛志逸四海，骞翮思远翥。"《饮酒》诗第十六及《荣木》诗也以"无成""无闻"为恨。但这似乎只是少壮时偶有的空想，他究竟是"少无通俗韵，性本爱丘山"的人。

钟嵘说陶诗"源出于应璩，又协左思风力"。应璩诗存者太少，无可参证。游国恩先生曾经想在陶诗字句里找出左思的影响。他所找出的共有七联，其中《招隐》诗，"杖策招隐士，荒涂横古今"，确可定为《和刘柴桑》诗"山泽久见招""荒途无归人"二语所本，"聊欲投吾簪"确可定为《和郭主簿》诗第一"聊用忘华簪"所本。本书所列举还有《咏史》诗"寂寂杨子宅"（为渊明

《饮酒》诗"寂寂无行迹"所本），"寥寥空宇中"（为渊明《癸卯岁十二月中作》诗"萧索空宇中"所本），"遗烈光篇籍"（同上"历览千载书，时时见遗烈"所本），及《杂诗》"高志局四海"（为渊明《杂诗》"猛志逸四海"所本）四句。不过从本书里看，左思的影响并不顶大；陶诗意境及字句脱胎于《古诗十九首》的共十五处，字句脱胎于嵇康诗赋的八处，脱胎于阮籍《咏怀》诗的共九处。那么，《诗品》的话就未免不赅不备了。但就全诗而论，胎袭前人的地方究竟不多；他用散文化的笔调，却能不象"道德论"而合乎自然，才是特长。这与他的哲学一致。象"结庐在人境，而无车马喧"，"人生归有道，衣食固其端。孰是都不营，而以求自安"，都是从前诗里不曾有过的句法；虽然他是并不讲什么句法的。

本书颇多胜解。如《命子》诗"既见其生，实欲其可"的"可"字，注家多忽略过去，本书却证明"题目人以'可'字，乃晋人之常"。《和刘柴桑》诗，题下引《隋书·经籍志》注，"梁有'晋'柴桑令《刘遗民集》五卷，《录》一卷"，证"刘柴桑"即"刘遗民"。此事向来只据李公焕注，得此确证，可为定论。又"弱女虽非男，慰情良胜无"，或以为比酒之醨薄，或以为赋，都无证据。本书解为比，引《魏书·徐邈传》及《世说》，以见"魏晋人每好为酒品目，靖节亦复尔尔"。《还旧居》诗"常恐大化尽，气方不及衰"，次句向无人能解；本书引《礼记·王制》"五十始衰"，及《檀弓》郑注，才知"常恐……不及衰"，即常恐活不到五十岁之意。《饮酒》诗第十六"孟公不在兹，终以翳吾情"，旧注都以"孟公"为投辖的陈遵，实与本诗不切；本书据诗中境地定为刘龚，确当不易。又第十八前以杨子云自比，后复以柳下惠自比。这二人间的关系，向来无人能说；本书却引《法言》及他书证明"子云以柳下惠自比，故靖节以柳下惠比之"。又如《杂诗》第六起四句云："昔闻长老言，掩耳每不喜；奈何五十年，忽已亲此事！"诸家注都不知"此事"是何事。本书引陆机《叹逝赋序》"昔每闻长老追计平生同时亲故；或凋落已尽，或仅有存者……"，乃知指的是亲故凋零。

但书中也不免有疏漏的地方。如《停云》诗"岂无他人"，本书引《诗·唐风·杕杜》，实不如引《郑风·褰裳》切合些。《命子》诗"寄迹风云，冥兹愠喜"，下句本书引《庄子》为解，不如引《论语·公冶长》"令尹子文三仕为令尹，无喜色；三已之，无愠色"。《归园田居》诗第二"常恐霜霰至，零落同草莽"，上句无注，似可引《诗·小雅·颊弁》"如彼雨雪，先集维霰"，及

《楚辞·九辩》"霜露惨凄而交下兮，心尚幸其弗济。霰雪雰糅其增加兮，乃知遭命之将至"。这两句诗是所谓赋而比的。《怨诗楚调示庞主簿邓治中》末云"慷慨独悲歌，钟期信为贤"，"钟期"明指庞邓，意谓只有你们懂得我。不必引古诗为解。《答庞参军诗序》"杨公所叹，岂惟常悲"，李公焕注："杨公，杨朱也。"本书引《淮南子》杨子哭歧路故事，但未申其"义"。按《文选》有晋孙楚《征西官属送于陟阳候作》诗，起四句云："晨风飘歧路，零雨被秋草。倾城远追送，饯我千里道。"这里的"歧路"只是各自东西的歧路，而不是那"可以南可以北"的了。可见这时候"歧路"一词，已有了新的引申义；渊明所用便是这个新义。"杨公所叹"只是"歧路"的代语，"叹"字的意思是不着重的。《和郭主簿》诗第一末云："遥遥望白云，怀古一何深。"本书解云："遥遥望白云"即"富贵非吾愿，帝乡不可期"也。这原是何焯的话，富贵二语见《归去来辞》。但怀古与白云或帝乡究竟怎样关联呢？按《庄子·天地》篇，"华封人谓尧曰：'失圣人鹑居而鷇饮，鸟行而无章。天下有道，与物皆昌。千岁厌世，去而上仙。乘彼白云，至于帝乡。三患莫至，身无常殃，则何辱之有！'"《怀古》也许怀的是这种乘白云至帝乡的古圣人。又第二末云："检素不获展，厌厌竟良月。"本书所解甚曲。"检素"即简素，就是书信；"检素不获展"就是接不着你的信。《饮酒》诗第十三"规规一何愚"，引《庄子·秋水》"适适然惊，规规然自失也"，不切，不如引下文"子乃规规然而求之以察，索之以辩"。《止酒》诗每句藏一"止"字，当系俳谐体。以前及当时诸作，虽无可供参考，但宋以后此等诗体大盛，建除、数名、县名、姓名、药名、卦名之类，不一而足，必有所受之。逆推而上，此体当早已存在，但现存的只《止酒》一首，便觉得莫名其妙了。本书引《庄子》"惟止能止众止"颇切；但此体源流未说及。

古先生有《陶靖节诗笺》，于民国十五年印行，已经很详尽。丁福保先生《陶渊明诗注》引用极多。《定本》又加了好些材料，删改处也有；虽然所删的有时并不应删，就如《停云》诗"搔首延伫"一句，原引《诗经·静女》"爱而不见，搔首踟蹰"和阮籍《咏怀》"感时兴思，企首延伫"，《定本》却将阮籍诗一条删去了。我们知道陶渊明常用阮诗，他那句话兼用《静女》及《咏怀》或从《静女》及《咏怀》脱胎，是很可能的；古先生这条注实在很切合。《定本》所改却有好的，如《饮酒》诗第十八的注便是（详上文）。《诗笺》中四言诗注未用十分力，《定本》这一卷里却几乎加了篇幅一半。

甚么是宋诗的精华

——评石遗老人（陈衍）

评点《宋诗精华录》（商务印书馆出版）

　　本书仿严羽、高棅的办法，分宋诗为初、盛、中、晚四期，每期的诗为一卷。第一卷选诗三十九家，一百十七首，其中近体九十六首。第二卷选诗十八家，二百三十九首，其中近体一百六十四首。第三卷选诗三十二家，二百十二首，其中近体一百八十六首。第四卷选诗四十家，一百二十二首，其中近体一百零二首。全书共选诗一百二十九家，六百九十首，其中近体五百四十八首，占百分之七十九，强可见本书重心所在。《自序》云：

如近贤之祧唐宗宋，祈向徐仲车、薛浪语诸家，在八音率多土木，甚且有土木而无丝竹金革，焉得命为"律和声""八音克谐"哉！故本鄙见以录宋诗，窃谓宋诗精华乃在此而不在彼也。

开宗明义，便以近体为主。所谓"宋诗精华在此而不在彼"，可以就音律而言，也可以就宋诗全体而言。照前说，老人的意见似乎和傅玉露相近；傅氏为张景星等《宋诗百一钞》（《宋诗别裁》）作序，有云："宫商协畅，何贵乎腐木湿鼓！"不过傅氏就宋诗论宋诗，老人却要矫近贤之弊，用意各不相同罢了。照后一说，便有可商榷处。从前翁方纲选宋人七律，以为宋人七律登峰造极。本书所录七绝最多，七律次之；多选七律，也许与翁氏见解相同。多选七绝，却是老人的创举。他说过：

今人习于沈归愚先生各别裁集之说，以为七言绝句必如王龙标、李供奉一路，方为正宗；以老杜绝句在盛唐为独创一格，变体也。……沈归愚墨守明人议论故耳。（《石遗室诗话》，商务本，卷三，八叶）

老人此说，也有所本。近人是宋湘，老人已自言之（即在引文中，文繁，从略）。再远还有叶燮，他在《原诗》中说：

> 杜七绝轮囷奇矫，不可名状，在杜集中另是一格，宋人大概学之。宋人七绝，大约学杜者十六七，学商隐者十三四。

又说：

> 宋人七绝，种族各别，然出奇入幽，不可端倪处，竟有轶驾唐人者。若必曰唐，曰供奉，曰龙标以律之，则失之矣。

看了这些话，老人的多选七绝也就不足怪了。

可是若说宋诗精华专在近体，古体又怎样呢？王士禛《古诗选录》五古以选体为主，唐代只收陈、李、韦、柳而不收杜，似乎还是明人见解。七古却以为自杜以后，尽态极妍，蔚为大国，所收直到元代的虞集、吴渊颖为止。可是所选的诗似乎偏重妥帖敷愉一种，排奡者颇少。这是《宋诗钞序》所谓"近唐调"者。选宋人七古而求其"近唐调"，那么，选也可，不选也可。但是宋人古体的长处似乎别有所在，所谓"妥帖""排奡"，大概得之。五七古多如此，而七古尤然。这自然从杜、韩出，但五言回旋之地太少，不及七言能尽其所长，所以七古比五古为胜。我们可以说这些诗都在散文化，或说"以文为诗"。不过诗的意义，似乎不该一成不变，当跟着作品的变化而渐渐扩展。"温柔敦厚"固是诗，"沉着痛快"也是诗。《宋诗钞》似乎只选后一种，致为翁方纲所诋。他在《石洲诗话》中说《宋诗钞》所选古诗实足见宋诗真面目，虽然不免有粗犷的。石遗老人论古诗，重在结想"高妙"（《诗话》十二叶）。本书所选，侧重在立意新妙，合于所论。但工于形容，工于用事，工于组织，都是宋人古体诗长处，似乎也难抹煞不论。宋人近体自"江西派"以来，有意讲求句律，也许较古体精进些；可是古体也能发挥光大，自辟门户，若以精华专归近体，似乎不是公平的议论。我想老人论古诗语，原依白石《诗说》立言，并非盱衡全局。至于选录宋诗，原是偏主近体之音律谐畅者，以矫时贤之弊；古体篇幅太繁，若面面顾到，怕将成为庞然巨帙，所以只从结想"高妙"者着手。《序》中"精华"云云，想是只就近体说，一时兴到，未及深思，便成歧义了。

本书分期，颇为妥帖自然。向来论宋诗的，已经约略有此界画，老人不过水到渠成，代为拈出罢了。至于选录标准，可于评点及圈点中见出。本书评点扼要，于标示宗旨和指导初学，都甚方便。大抵首重吐属大方。此事关系修养，不尽在诗功深浅上。如评钱惟演《对竹思鹤》云："有身分，是第一流人语。"（一、一）陈与义《次韵乐文卿北园》云："五六濡染大笔，百读不厌。"（三、一）苏轼《和子由踏青》云："不甚高妙景物，名大家能写得恰如分际，小名家则非雅事不肯落笔矣。"（二、二〇）这都说的是胸襟广阔，能见其大。又评黄鲁直《宿旧彭泽怀陶令》云："古人命名，未尝非用意有在。但专就名字上着笔，终近小巧。"（二、二三）《题竹石牧牛》云："用太白《独漉》篇调甚妙，但须少加以理耳。"（二、二六）按此处语太简略，其详见《诗话》十七（一叶），以为如诗语"何其厚于竹而薄于石"，未免巧而伤理了。又评陈师道《妾薄命》云："二诗比拟，终嫌不伦。"（二、二九）《放歌行》第一首云："终嫌炫玉。"（二、三〇）所谓"不伦"，当是说得太亲昵，失了身分之意。又评乐雷发《送丁少卿自桂帅移镇西蜀》云："如用'瑞露'等字，终嫌小方。"又评文同《此君庵》云："谚所谓'巧言不如直道'，这是墨守明人议论的所不敢说的。"老人不甚喜欢禅语。评饶节云："诗多禅语，非浅尝者比，然兹所不录。"（三、八）又评苏轼《百步洪》云："坡公喜以禅语作达，数见无味。此诗就眼前篙眼指点出，真非钝根人所及矣。"（二、一四）老人能够领略非浅尝的禅语而不喜东坡以禅语作达，大约也是觉得他太以此自炫了。至于不选饶节禅语之作，或因禅太多而诗太少之故。不过禅学影响于诗甚大，有人说黄山谷的新境界全是禅学本领。这层似尚值得详论。大方不但指思想，也指才力。书中评严羽云："沧浪有诗话，论诗甚高，以禅为喻。而所造不过如此。专宗王孟者，囿于思想，短于才力也。"（四、六）老人论诗，所以不主一格。他说过："知同体之善，忘异量之美，皆未尝出此。"（《诗话》十二、一叶）评秦观《春日五首》之一云："遗山讥'有情'二语为'女郎诗'。诗者，劳人思妇公共之言，岂能有雅颂而无国风，绝不许女郎作诗耶？"（二、三三）

大方而外，真挚与兴趣也是本书选录的标准。评苏舜卿《哭曼卿》云："归来句是实在沉痛语。"（一、一一）评梅尧臣《悼亡》之三云："情之所钟，不免质言，虽过当，无伤也。"（一、一三）《殇小女称称》之二云："末十字苦情写得出。"（一、一六）评黄鲁直《次韵吴宣义三径怀友》云："末四句沉痛。"（二、二四）《次韵文潜》云："沉痛语一二敌人千百。"（二、二八）评陈师道《妾薄命》之一云："沉痛语，可以长接顾长康之于桓宣武。"（二、二九）评陆游《沈氏小园》等作云："古今断肠之作，无如此前后三首者。"（三、二八）这都是真挚之作。语不真挚而入选者也有，那必是别有可取处。评王安石《寄阙下诸父兄兼示平甫兄弟》云："虽非由衷之言，而说来故自动听。"（二、四）黄鲁直《次韵子瞻武昌西山》云："并子瞻于次山，付诸一慨，此时境地同也。"（二、二五）评尤袤《送吴待制守襄阳》云："酬应之作，然三四六语有分寸。"（三、一三）都可见。评黄鲁直《题伯时画严子陵钓滩》云："此兴到语耳。"（二、二五）《病起荆江亭即事》十首之一云："兴会之作。"（二、二六）老人并不特别看重仴兴之作，《诗话》三有评说（四叶），所以此二诗评语也只轻描淡写出之。但于蔡襄、欧阳修、苏轼、陆游梦中四诗（一、六；一、九；二、一一；三、二七），却极端推重，以为"如有神助"，甚至说"四诗之高妙为四君生平所未曾有"。（三、二七）欧作确奇，而一句一意，没有多少组织的工夫。陆作贴切便利，"自然"可喜。苏作可称"兴会"。蔡作句奇意不奇。老人推许似乎太过了些。这和他论王安石

　　　　　　　朱自清学术文选

诗，以"柳叶鸣蜩暗绿"二首压卷（二、六），同是难解。又评穆修《贵侯园》云："善戏谑兮，不为虐兮。"（一、八）孔武仲《瓜步阻风》云："第二句甚趣。"（二、三七）杨万里《题钟家村石崖》云："末七字使人失笑。"（三、二一）诗杂诙谐，杜甫晚年作品实开风气（胡适之先生《白话文学史》说）。宋人颇会学他。老人也赏识这一种的。

自来论诗文，都重模拟。死的模拟，所谓画死人坐像，不足重；重在能变化，能以故为新，所谓脱胎换骨的便是。本书评语往往指出诗句蓝本；其按而不断者都是能变化的。这种评语不但有助于诗的多义，兼能指点初学的人。有时也指出死模拟的句子，告诉人不可学。评陈师道《赠欧阳叔弼》云："末二句学杜而得其皮者，切不可学。"（三、三〇至三一）但评陈与义《再登岳阳楼感赋》云："五六学杜而得其骨者。"（三、二）得皮是死，得骨便活了。避熟就生也是活法，也是变。评苏舜卿《中秋夜吴江亭上对月怀前宰张子野及寄君谟蔡大》云："望月怀人语数见不鲜矣，此作颇能避熟就生。"（一、一一）变化其实也是创新，纯粹的创新是可遇而不可求的。评王安石《壬辰寒食》云："起十字无穷生清新。"（二、四）苏轼《题西林壁》云："此诗有新思想，似未经人道过。"（二、一三）杨万里《池口移舟入江再泊十里头潘家湾阻风不止》云："写逆风全就江水西流著想，惊人语乃未经人道矣。"（三、一九至二○）诚斋诗中，新境较多，但时流于巧；巧就不大方了。老人评徐照《柳叶词》云"新巧而已"，也不满意于那巧味。书中于用字、造句、押韵，也偶然评及。用字如陈师道《和李使君九日登戏马台》云："三四加'堪'字、'更'字，便不陈旧。"（二、三二）这也是变。又如文同《北斋雨后》云："'占'字、'寻'字下得切。"（二、三六）造句如黄鲁直《宿旧彭泽怀陶令》云："铸词有极工处。"（二、二三）唐庚、张求诗云："工于造句。"（三、一○）押韵如楼钥《求仲抑招游山归途遇雨》云："押'及'韵如抛砖落地，从《左氏传》'师何及'句来。"（三、五）都颇精当。只有辩黄鲁直《醇遂得蛤蜊复索舜泉》诗中"前"字韵诸语（二、二二至二三），未免牵强附会。其实那"前"字与"边"字同意，并无趁韵之嫌；"世人借口"，未知何指，似不足辩。书中尤重章句组织。评古诗常有"辞费"之语。如梅尧臣名作《范饶州坐中客语食河豚鱼》云："此诗绝佳者，实只首四句，余皆辞费。然所谓探骊得珠，其余鳞爪之物，听之而已。"（一、一二）组织工者曰"健"，就是"经济的"之意。句健易，全诗健难。老人评苏轼《王维吴道子画》云："大凡名大家诗，每篇必有一二惊人名句，全篇方镇压得住；其鳞爪之处，亦不处处用全力也。"（二、八）这是为名大家辩护，实在是组织不容易。近体也如此，所以古今诗话，摘句者多，录全篇者少。《石遗室诗话》中论此最精云：

> 作近体诗，患在意不足。如七律诗八句，奈无八句之意，则空滑搪塞，无所不至矣。但果是作手，尚张罗得来，八句中有两三句、三四句可味，余亦可观耳。意有余，而后如截奔马，如临水送将归，非施手段善含蓄不可。意仅足，则剗溪归棹，故作从容，故有余地，工于作态而已。（《诗话》十、十一叶）

书中评近体诸作，不大说及组织，实因全美的少，一一指疵，未免太烦。只有组织特别者才有说明。评郑文宝《阙题》云："案此诗首句一顿，下三句连作一气说，体格独创。唐人中唯太白'越王勾践破吴归'一首，前三句一气连说，末句一扫而空之。此诗异曲同工，善于变化。"（一、二）陈师道《春怀示邻里》云："此诗另是一种结构，似两绝句接成一律。"（二、三二）杨万里《题沈子寿旁观录》云："倒戟而入作法。"（三、一九）这三首诗若不细加吟味，是会囫囵看过的。

书中选录的诗甚有别裁，而且宋人诗话中称道的，和有关诗家掌故的作品，大抵也都在选中。读此书如在大街上走，常常看见熟人。评论诗家，如王安石（二、六）、苏轼（二、一六）、黄鲁直（二、二四）、朱熹（三、一二）、陆游（三、二九）、刘克庄（四、一一）等人，语虽简短而能扼要，绝非兴到振笔者可比。至于说诗，更是老人的长处。如说王安石《元丰行》（二、一）、《明妃曲》（二、二），抉出用意，鞭辟入里，古今人所未道及。又如黄鲁直《戏作林夫人欸乃歌》之一（二、二三），时序先后，颇不易明，老人一语点破，便觉豁然。评语中也间有附会处，上文论押韵，已举一条。他如评王安石《歌元丰》云："微有杨子幼'豆落为萁'意。"（二、四）细味原诗，却绝无此意。与《元丰行》《后元丰行》不同，只"南山"二字，涉想过远，才有此评；但他自己也不深信，所以只说"微有"。不过书中如此附会处极少。评语中间论改诗。欧阳修《丰乐亭小饮》云："第五句以太守而说游女丑，似未得体，当有以易之。"（一、九）原诗云："看花游女不知丑，古妆野态争花红。"这是诙谐语，与苏轼《于潜女》貌异心同；重在游女之朴真，不在品题美丑。再说诗并非作给游女看，也不是作给州民看，乃是给朋友们看的；既非宣教，何苦以体统相绳呢？又《招许主客》诗五六句云："更扫广庭宽百亩，少容明月放清光。"评云："'少容'若作'多容'，更佳。"明月清光何限？即"横扫广庭宽百亩"，岂能尽容其放开来？说"少容"，是比较的多之意，意曲而趣；改"多容"就未免太"直道"了。

诗文评的发展

——评罗根泽《周秦两汉文学批评史》《魏晋六朝文学批评史》《隋唐文学批评史》（以上《中国文学批评史》第一、二、三分册，商务印书馆）与朱东润《中国文学批评史大纲》（开明书局）

"文学批评"是一个译名。我们称为"诗文评"的，与文学批评可以相当，虽然未必完全一致。我们的诗文评有它自己的发展；现在通称为"文学批评"，因为这个名词清楚些，确切些，尤其郑重些。但论到发展，还不能抹杀那个老名字。老名字代表一个附庸的地位和一个轻蔑的声音——"诗文评"在目录里只是集部的尾巴。原来诗文本身就有些人看作雕虫小技，那么，诗文的评更是小中之小，不足深论。一面从《文心雕龙》和《诗品》以后，批评的精力分散在选本和诗话以及文集里，绝少系统的专书，因而也就难以快快的提高自己身分。再说有许多人以为诗文贵在能作，评者往往不是作手，所评无非费话，至多也只是闲话。不过唐宋以来，诗文评确还在继承从前的传统发展着，各家文集里论文论诗之作，各家诗话，以及选本、评选本、评点本，加上词话、曲品等，数量着实惊人。诗文评虽在附庸地位，却能独成一类，便因为目录学家不得不承认这种发展的情势。但它究竟还在附庸地位，若没有"文学批评"这个新意念、新名字输入，若不是一般人已经能够郑重的接受这个新意念，目下是还谈不到任何中国文学批评史的。

清末，我们开始有了中国文学史。"文学史"虽也是输入的意念，但在我们的传统中却早就有了根苗。六朝时，沈约、刘勰都论到"变"，指的正是文学的史的发展，所以这些年里文学史出的不算少，虽然只有三四本值得读的。中国文学批评史的出现，却得等到"五四"运动以后，人们确求种种新意念、新评价的时候。这时候，人们对文学取了严肃的态度，因而对文学批评也取了郑重的态度，这就提高了在中国的文学批评——诗文评——的地位。二十年来，我们已经有了至少五种中国文学批评史，进展算是快的。在西方，贵创作而贱批评的人也不少，他们虽有很多文学批评的著作，但文学批评史一类著作似乎还是比文学史少得多。我们这二十来年里，文学批评史却差不多要追上了文学史。这也许因为我们正在开始一个新的批评时代，一个重新估定一切价值的时代。要重新估定一切价值，就得认识传统里的种种价值，以及种种评价的标准。于是乎研究中国文学的人有些就将兴趣和精力放在文学批评史上。再说我们对现代中国文学所用的评价标准，起初虽然是普遍的——其实是借用西方的——后来就渐渐参用本国的传统的，如所谓"言志派"和"载道派"——其实不如说是"载道派"和"缘情派"。文学批评史不止可以阐明过去，并且可以阐明现在，指引将来的路。这也增高了它的趣味与地位。还有，所谓文学遗产问题，解决起来，不但用得着文学史，也用得着文学批评史。中国文学批评史发展得相当快，这些情形恐怕都有影响。

　　第一个人大规模搜集材料来写中国文学批评史的，得推郭绍虞先生。他搜集的诗话，我曾见过目录，那丰富恐怕还很少有人赶得上的。他写过许多单篇的文字，分析了中国文学批评里的一些重要的意念，启发我们很多。可惜他那部《中国文学批评史》只出了上册，又因为写的时期比较早些，不免受到不能割爱之处，加上这种书还算在草创中，体例自然难得谨严些。罗先生的书，情形就不相同了。编制便渐渐匀称了，论断也渐渐公平了。这原也是自然之势。罗先生这部书写到五代为止，比郭先生写到北宋的包括的时期短些，可是详尽些。这原是一部书，因为战时印刷困难，分四册出版，但第四册还没有出。就已出的三册而论，这是一部值得细心研读的《中国文学批评史》。"文学批评"原是外来的意念，我们的诗文评虽与文学批评相当，却有它自己的发展，上文已经提及。写中国文学批评史，就难在将这两样比较得恰到好处，教我们能依靠了文学批评这把明镜，照清楚诗文评的面目。诗文评里有一部分与文学批评无干，得清算出去。这是将文学批评还给文学批评，是第一步。还得将中国还给中国，一时代还给一时代。按这方向走，才能将我们的材料跟那外来意念打成一片，才能处处抓住要领；抓住要领以后，才值得详细探索起去。罗先生的书除《绪言》（第一册）似乎稍繁以外，只翻看目录，就教人耳目清新，就是因为他抓得住的原故。他说要兼揽编年、纪事本末、纪传三体之长，创立一种"综合体"。有时也不必拘泥体例：如就一般的文学批评而言，隋唐显与魏晋南北朝不同，所以分为两期。但唐初的音律说，则传南北朝衣钵，便附叙于南北朝的音律说后。他要做到章学诚所谓"尽其天而不益以人"的客观态度（一册三六至三八面）。能够这样，才真能将一时代还给一时代。《隋唐文学批评史》（三册）开宗明义是两章"诗的对偶及作法"上下。乍看目录，也许觉得这种琐屑的题目不值得专章讨论，更不值得占去两章那么重要的地位；可是仔细读下去，才知道它的重要性比"音律说"（在二册中占两章）有过之无不及，著者特别提出，不厌求详，正是他的独见；而这也正是切实的将中国还给中国的态度。

《绪言》里指出"西洋的文学批评偏于文学裁判及批评理论，中国的文学批评偏于文学理论"。"中国的批评，大都是作家的反串，并没有多少批评专家。作家的反串，当然要侧重理论的建设，不侧重文学作品的批评。"又说中国的"批评不是创作的裁判，而是创作的领导"（一册一四、一五面）。他以为这是因为中国文化"尚用重于尚知，求好重于求真"（一册一六至一七面）。这里指出的事实大体是不错的；说是"尚用重于尚知"，也有一部分真理。但是说作家反串"就当然侧重理论"，以及"求好重于求真"，似乎都还可以商榷。即如曹丕、曹植都是作家，前者说文人"各以所长，相轻所短"（《典论论文》），后者更说"常好人讥弹其文，有不善者应时改定"(《与杨德祖书》)，都并不侧重理论。罗先生称这些为"鉴赏论"（二册七八至七九面），鉴赏不就是创作的批评或裁判么？照罗先生的意思，这正是求真；照曹植的话看，这也明明是求好——曹丕所谓长短，也是好与不好的别名。而西方的文学裁判或作家作品的批评，一面固然是求真，一面也还是求好。至于中国的文学理论，如"载道说"，却与其说是重在求好，不如说是重在求真还贴切些。总之，在文学批评里，理论也罢，裁判也罢，似乎都在一面求真，同时求好。我们可以不必在两类之间强分轻重。至于中国缺少作家作品的系统的批评，儒家尚用而不尚知，固然是一个因子，道家尚玄而不尚实，关系也许更大。原来我们的"求好"的艺术论渊源于道家，而道家不信赖语言，以为"言不尽意"，所以崇尚"无端崖之辞"。批评到作家和作品，便不免着实，成了"小言"有端崖之辞，或禅宗所谓死话头。所以这种批评多少带一点"陋"；陋就是见小不见大。中国文学批评就此没有得着充分的发展；它所以不能成为专业而与创作分途并进，也由于此。至于现代西方人主张"创作必寓批评""批评必寓创作"，如书中所引朱光潜先生的话，却又因为分业太过，不免重枝节而轻根本，所以百尺竿头，更进一步。这一步为的矫正那偏重的情形，促进批评的更健全的发展。但那批评和创作分业的现象，还要继续存在，因为这是一个分业的世界。中国对作家和作品的批评，钟嵘《诗品》自然是最早的一部系统的著作，刘勰《文心雕龙》也系统的论到作家，这些个大家都知道。但是大家都忽略了清代几部书。陈祚明的《古诗选》，对入选作家依次批评，以辞与情为主，很多精到的意思。《四库全书总目提要》集部各条，从一方面看，也不失为系统的文学批评，这里纪昀的意见为多。还有赵翼的《瓯北诗话》分列十家，家各一卷，朱东润先生说是"语长而意尽，为诗画中创格"（《批评史大纲》三六八面），也算得系统的著作。此外就都是零碎的材料了。罗先生提到"制艺选家的眉批总评"，以为毫无价值（一册一六面，参看八面）。这种选家可称为评点家。评点大概创始于南宋时代，为的是给应考的士子揣摩；这种选本一向认为陋书，这种评点也一向认为陋见。可是这种书渐渐扩大了范围，也扩大了影响，有的无疑能够代表甚至领导一时创作的风气，前者如宋末方回的《瀛奎律髓》，后者如明末钟惺、谭元春的《古唐诗归》。文学批评史似乎也应该给予这种批评相当的地位，才是客观的态度。其实选本或总集里批评作家或作品的片段的话，是和选本或总集同时开始的。王逸的《楚辞章句》，该算是我们第一部总集或选本，里面就有了驳班固论《离骚》的话。班氏批评屈原和《离骚》，王氏又批评他的批评，这已经发展到二重批评的阶段了。原来我们对集部的工作，大致有两个方向。一是笺注，是求真；里面也偶有批评，却只算作笺注的一部分。《楚辞章句》里论《离骚》，似乎属于这一类。又如《文选》里左思《魏都赋》张载注，论到如何描写鸟将飞之势，如何描写台榭的高，比较各赋里相似的句子，指出同异，显明优劣，那更清楚的属于这一类。二是选录，是求好；选录旨趣大概见于序跋或总论里，有时更分别批评作家以至于作品。晋代挚虞的《文章流别》和李充的《翰林论》是开山祖师，他们已经在批评作家和作品了。选本的数量似乎远在注本之上，但是其中文学批评的材料并不多，完整的更少，原因上文已经论及。别集里又有论诗文等的书札和诗，其中也少批评到作家和作品；序跋常说到作家了，不过敷衍的多，批评的少，批评到作品的更是罕见。诗话、文话等，倒以论作家和作品为主，可是太零碎；摘句鉴赏，尤其琐屑。史书文苑传或文学传里有些批评作家的话，往往根据墓志等等。墓志等等有时也批评到作品，最显著的例子是元稹作的杜甫的《墓志铭》，推尊杜甫的排律，引起至今争议莫决的李杜优劣论。从以上所说，可见所谓文学裁判，在中国虽然没有得着充分的发展，却也有着古久的渊源和广远的分布。这似乎是不容忽视的。

但是罗先生这部书的确能够借了"文学批评"的意念的光将我们的诗文评的本来面目看得更清楚了。他在《魏晋六朝文学批评史》里特立专章阐述"文体类"的理论（二四至四一面）。从前写文学史及文学批评史的人都觉得这种文体论琐屑而凌乱，没有给予充分的注意。可是读了罗先生的叙述和分析，我们可以看出那种种文体论正是作品的批评。不是个别的，而是综合的。这些理论指示人们如何创作、如何鉴赏各体文字。这不但见出人们如何开始了文学的自觉，并见出六朝时那新的"净化"的文学概念如何形成。这是失掉的一环，现在才算找着了，连上了。这一分册里《文学概念》一章（一至一七面），叙述也更得要领，其中"萧纲的鼓吹，郑邦文学"和"徐陵的编辑'丽人'艳歌"，各占了一个独立的节目。还有上文提过的第三分册的头两章《诗的对偶及作法》，跟"文体类"有同样的作用，见出律诗是如何发展的，也见出"元稹、白居易的社会诗论"的背景的一面来。再说魏晋时代开始了文学的自觉以后，除文体论外，各种的批评还不少。这些批评，以前只归到时代或作家、批评家的名下，本书却分立"创作论"和"鉴赏论"两章来阐述（二册七〇至八一面），面目也更清楚了。《周秦两汉文学批评史》里还提到"古经中的辞令论"（五三面），这也是失掉的一环。春秋是"诗"和"辞"的时代。那时，"诗"也当作"辞"用，那么，也可以说春秋是"辞"的时代。战国还是"辞"的时代。辞令和说辞如何演变为种种文体，这里不能讨论（章学诚《文史通义·诗教》篇曾触及这问题，但他还未认清"辞"的面目）。现在只想指出孔子的"辞达而已矣"那句话和《易传》里"修辞立其诚"那句话，对后世文论影响极大，而这些原都是论"辞"的。从这里可见"辞令论"的重要性。可是向来都将"文"和"辞"混为一谈，又以为"辞"同于后世所谓的"文辞"，因此就只见其流，不见其源了。《文选》序曾提出战国的"辞"，但没有人注意。清代阮元那么推重《文选》，他读那篇序时，却也将这一点忽略了。罗先生现在注意到"古经中的辞令论"，自然是难得的，只可惜他仅仅提了一下没有发挥下去。第三分册里叙述史学家的文论，特立"文学史观"一个节目（八九至九一面）。这是六朝以来一种新的发展，是跟着文学的自觉和文学概念的转变来的。前面说过"文学史"的意念在我们的传统中早就有了根苗，正是指此。以前的文学史等，却从没有这么清楚的标目，因此就隐蔽了我们传统中这个重要的意念。这一分册叙述"古文论"（一〇三至一五一面），也很充实。关于韩愈，特别列出"不平则鸣"与"文穷益工"一目（一三三至一三四面）。这是韩愈的重要的文学见解，不在"惟陈言之务去"以下，但是向来没有得着应得的地位。本书《绪言》中说到"解释的方法"，有"辨似"一项，就是分析词语的意义，在研究文学批评是极重要的。文学批评里的许多术语沿用日久，象滚雪球似的，意义越来越多。沿用的人有时取这个意义，有时取那个意义，或依照一般习惯，或依照行文方面，极其错综复杂。要明白这种词语的确切的意义，必须加以精密的分析才成。书中如辨汉代所谓"文"并不专指诗赋（一册九八面），又如论到"辞赋的独特价值就是在不同于诗"，而汉人将辞赋看作诗，"辞赋的本身品性，当然被他们埋没不少，辞赋的当时地位，却赖他们提高好多"（一册一二〇面），都是用心分析的结果，这才能辨明那些疑似之处。

朱先生的《中国文学批评史大纲》，《自序》里说"这本书的叙述特别注重近代的批评家"（四面）。他的书大部分以个别的批评家标目，直到清代《白雨斋词话》的著者陈廷焯为止。他的"远略近详"的叙述，恰好供给我们的需要，弥补我们的缺憾。这还是第一部简要的中国文学批评全史，我们读来有滋味的。这原是讲义稿，不是"详密的中国文学批评史"，《自序》里说得明白。我们只能当它"大纲"读着。有人希望书里叙述得详备些，但那就不是"大纲"了。《自序》中还说这本书是两次稿本凑合成的，现在却只留下一处痕迹。第三十七章里说"东坡、少游于柳词皆不满，语见前"（一九六面），前面并不见。这总算不错了。作为"大纲"，本书以批评家标目，倒是很相宜的。因为如《自序》所说，"这里所看到的，常常是整个的批评家"（四面）。朱先生关于中国文学批评的著作很多，《读诗四论》（商务）之外，还有许多研究历代批评家的论文，曾载在武汉大学的《文哲学报》上，现在听说已集成一书，由上海开明书店印行了。《读诗四论》和那些论文都够精详的，创见不少。他取的是客观的分析的态度。《大纲》的《自序》里提到有人"认为这本书不完全是史实的叙述，而有时不免加以主观的判断"。朱先生承认这一点，他提出"史观的问题"，说"作史的人总有他自己的立场"（五面）。本书倒是有夹叙夹议的，读来活泼有味，这正是一因。但是朱先生的史观或立场，似乎也只是所谓"释古"，以文学批评还给文学批评，中国还给中国，一时代还给一时代。

这似乎是现代的我们一般的立场，不见其特别是朱先生主观的地方。例如书中叙"盛唐"以后论诗大都可分二派："为艺术而艺术，如殷璠、高仲武、司空图等"，"为人生而艺术，如元结、白居易、元稹等"（九三至九四面）。两派的存在得着外来的意念来比较而益彰。又如论袁枚为王次回辩护道："次回《疑雨集》，与《随园诗话》所举随园、香亭兄弟之诗论之，非特与男女性情之得其正者无当，即赠勺采兰，亦不若是之绘画裸陈也。……若因风趣二字，遂使次回一派，以孽子而为大宗，固不可矣。"（三六三面）这可以说是"雅正"的传统，不过是这时代已经批评的接受了的，和上例那一对外来的传统的意念的地位一般。这些判断都反映着我们的时代，与其说是主观的，不如说是客观的，可是全书以陈廷焯作殿军，在这末一章里却先叙庄棫、谭献道："清人之词，至庄、谭而局势大定，庄、谭论词无完书，故以亦峰（廷焯字亦峰）之说终焉。"（三九六面）这个判断是客观的，但标目不列代表的批评家庄、谭，只举出受庄氏影响的陈氏，未免有些偏畸或疏忽。然而这种小节是不足以定主客观之辨的。

《大纲》以个别的批评家标目，这些批评家可以说都是代表一个时代、一个派别或一种理论的批评家，著者的长处在能够根据客观的态度选出了一些前人未曾注意的代表批评家。如南宋反对"江西派"的张戒（三十章），清代论诗重变的叶燮（六十一章），第一个有文学批评史的自觉的纪昀（六十七章），创诗话新格的赵翼（七十章）。他们的文学批评，一般的文学史，似乎都不大提及，有些简直是著者第一次介绍和我们相见。此外如金人瑞和李渔各自占了一章的地位（六十三、六十四章），而袁宏道一章（五十章）中也特别指出他推重小说、戏曲的话（二六面），这些都表现着现代的客观态度。这种客观的态度，虽然是一般的，但如何应用这种态度，还得靠著者的学力和识力而定，并不是现成的套子，随意就可以套在史实上。论金人瑞批评到他的评点（三三七、三四〇面），并征引他的《西厢记》评语（三三八面），论钟惺、谭元春一章（五十一章）也征引《诗归》里的评语；论到近代批评，是不能不给予评点公平的地位的。因此想到宋元间的评点家刘辰翁，他评点了很多书，似乎也应该在这本书里占个地位。书中论曹丕兄弟优劣，引王夫之《姜斋诗话》："曹子建之于子桓，有仙凡之隔，而人称子建，不知子桓，俗论大抵如此。"以为"此言若就文学批评方面论之，殆不可废"（二五面，参看二七面），最是公平的断语。又评钟嵘持论"归于雅正"（六八面），向来只说钟氏专重"自然英旨"，似乎还未达一问。至于论严羽："吾国文学批评家，大抵身为作家，至于批判古今，不过视为余事。求之宋代，独严羽一人，自负识力，此则专以批评名家者。"（一八四面）这确是独到之见。两宋诗话的发达，培养出这种自觉心，也是理有固然，只是从来没人指出罢了。其他如论元稹"持论虽与白居易大旨相同，而所见之范围较大，作诗之母题较多，故其对人之批评，亦不若居易之苛"（九九面）。论柳冕"好言文章与道之关系，与韩愈同，然有根本不同者，愈之所重在文，而冕之所重在道"（一〇六面）。似乎也都未经人说及。书中又指出陆机兄弟"重在新绮"，而皇甫谧和左思的《三都赋序》持"质实"之说（三二面）；人们一向却只注意到齐代裴子野的《雕虫论》。明初高棅的《唐诗品汇》列杜甫为大家，好像推尊之至，但书中指出他不肯当杜甫是"正宗"（二二三面）。韩愈的文统——文统说虽到明代茅坤才明白主张（二四七至二四八面），但韩愈已有此意，这里依郭绍虞先生的意见——《五经》而下，列举左氏、庄、《骚》、太史公、司马相如、刘向、扬雄（《进学解》《答刘正夫书》）。本书指出明代王世贞又以《庄》《列》《淮南》《左氏》为"古四大家"（二三八面），这种异同该是很有意义的。又如引曾国藩日记"古文之道，与骈体相通"，说"此为曾氏持论一大特点，故其论文，每每从字句声色间求之"（三九二面）。这也关系一时代一派别的风气。以上各例，都可见出一种慎思明辨的分析态度。

中国语的特征在那里

——序王力《中国现代语法》

（商务印书馆）

现在所谓"语法"或"文法"，都是西文"葛朗玛"的译语。这是个外来的意念。我国从前只讲"词""词例"，又有所谓"实字"和"虚字"。词就是虚字，又称"助字"；词例是虚字的用法。虚实字的分别，主要的还是教人辨别虚字。虚字一方面是语句的结构成分，一方面是表示情貌、语气、关系的成分。就写作说，会用虚字，文字便算"通"，便算"文从字顺"了。就诵读说，了解虚字的用例，便容易了解文字的意义。这种讲法虽只着眼在写的语言——文字——上，虽只着眼在实际应用上，也可以属于"语法"的范围，不过不成系统罢了——系统的"语法"的意念是外来的。

中国的系统的语法，从《马氏文通》创始。这部书无疑的是划时代的著作。著者马建忠借镜拉丁文的间架建筑起我国的语法来，他引用来分析的例子是从"先秦"至韩愈的文字——写的语言。那间架究竟是外来的，而汉语又和印欧语相差那么远，马氏虽然谨严，总免不了曲为比附的地方。两种文化接触之初，这种曲为比附的地方大概是免不了的。人文科学更其如此，往往必需经过一个比附的时期，新的正确的系统才能成立。马氏以后，著中国语法的人都承用他的系统，有时更取英国语法参照。虽然详略不同，取例或到唐以来的文字，但没有甚么根本的变化。直到新文学运动时代，语法或国语文法的著作，大体上还跟着马氏走。不过有一些学者也渐渐看出马氏的路子有些地方走不通了。如陈承泽先生在《国文法草创》里指出他"不能脱模仿之窠臼"（八面），金兆梓先生在《国文法之研究》里指出他"不明中西文字习惯上的区别"（《自序》一面），杨遇夫先生（树达）在《马氏文通刊误》里指出他"强以外国文法律中文"（《自序》二面），都是的。至于杨先生论"名词代名词下'之''的'之词性"，以为"助词说尤为近真"（《词诠》附录一），及以"所"字为被动助动词（"所"

字之研究，见《马氏文通刊误》卷二），黎劭西先生（锦熙）论"词类要把句法做分业的根据"（《新著国语文法》订正本七面），及以直接作述语的静词属于同动词（同上一六二面）等，更已开了独立研究的风气。"脱模仿之窠臼"，自然可以脱离，苦的是不知道。这得一步步研究才成。英国语法出于拉丁语法，到现在还没有完全脱离它的窠臼呢。

十年来，我国语法的研究却有了长足的进步。我们第一该提出的是本书著者王了一先生（力）。他在《清华学报》上发表了《中国文法初探》和《中国文法里的系词》两篇论文（并已由商务印书馆合印成书）。根据他看到的中国语的特征，提供了许多新的意念，奠定了新的语法学的基础。他又根据他的新看法写《中国现代语法讲义》，二十八年由国立西南联合大学印给学生用。本书就用那讲义做底子，重新编排并增补而成。讲义是二十六年秋天在长沙动笔的。全书写定整整经过五个年头。二十七年，陆志韦先生主编的《国语单音词汇》的《序论》跟样张等，合为一册，由燕京大学印出。《序论》里建议词类的一种新分法，创改的地方很多，差不多是一种新的语法系统的样子。陆先生特别着重所谓"助名词"——旧称"量词"，本书叫做"称数法"——认为

"汉缅语"的特征。向来只将这种词附在名词里，他却将它和"代名词""数名词"同列在"指代词"一类里。这种词的作用和性质这才显明。到了今年，又有吕叔湘先生的《中国文法要略》上册出版（商务）。这部书也建立了一个新的语法系统。但这部语法是给中学国文教师参考用的，侧重在分析应用的文言；那些只有历史的或理论的兴趣的部分，多略去不谈。本书是《中国现代语法》，作者的立场和陆先生、吕先生不一样。著者王先生在他那两篇论文（还有三十五年在《当代评论》上发表的《中国语法学的新途径》一篇短文）的基础上建筑起新的家屋。他的规模大，而且是整个儿的。书中也采取陆志韦先生的意见，将代词和称数法列为一章，称数法最为复杂纷歧，本书却已整理出一个头绪来。其中分析"一"和"一个"两个词的意义和用法最精细。这两个词老在我们的口头和笔下，没想到竟有那么多的辨别，读了使人惊叹。

本书所谓现代语，以《红楼梦》为标准，而辅以《儿女英雄传》。这两部小说所用的纯粹北平话。虽然前者离现在已经二百多年，后者也有六七十年，可是现代北平语法还跟这两部书差不多，只是词汇变换得厉害罢了。这两部书是写的语言，同时也差不多是说的语言。

从这种语言下手，可以看得确切些：第一，时代确定，就没有种种历史的葛藤。《马氏文通》取例，虽然以韩文为断，但并不能减少这种葛藤。因为唐以后的古文变化少，变化多的是先秦至唐这一大段儿。国语文法若不断代取例，也免不了这种葛藤，如"我每""我们"之类。近年来，丁声树先生、吕叔湘先生对于一些词的古代用例颇多新的贡献（分见中央研究院《史语所集刊》及华西大学《文化研究所集刊》），足以分解从前文法语法书的一些葛藤，但是没有分解的恐怕还多着呢。第二，地域确定，就不必顾到方言上的差异。北平话一向是官话，影响最广大，现在又是我国法定标准话，用来代表中国现代语，原是极恰当的。第三，材料确定，就不必顾到口头的变化。原来笔下的说的语言和口头的说的语言并非一种情形。前者较有规则，后者变化较多。小说和戏剧的对话有时也如此的记录这种口头的变化，不过只偶一为之。说话时有人，有我，有境，又有腔调、表情、姿态等可以参照，自然不妨多些变化。研究这种变化，该另立"话法"一科。语法若顾到这些，便太琐碎了。本书取材限于两部小说，自然不会牵涉到这些——范围既经确定，语言的作用和意义便可以看到更亲切。王先生用这种语言着手建立他的新系统，是聪明抉择。而对于这时代的人，现代语法也将比一般的语法引起更多的兴趣。

　　本书也参考外国学者的理论，特别是叶斯泊生及柏龙菲尔特。这两位都是语言学家，对于语法都有创见。而前者贡献更大，他的《英国语法》和《语法哲学》都是革命的巨著。本书采取了他的"词品"的意念。词品的意念应用于着重词序的中国语，可以帮助说明词、仂词、"谓语形式""句子形式"等的作用，并且帮助确定"词类"的意念。书中又采取了柏龙菲尔特的"替代法"的理论（原见《语言》一书中），特别给代词加了重量。代词在语言里作用确很广大，从前中外的文法语法书都不曾给它适当的地位，原应该调整；而中国语法的替代法更见特征，更该详论。书中没有关系代词一目，是大胆的改革。关系代词本是曲为比附，不过比附得相当巧妙，所以维持了五六十年。本书将从前认为关系代词的"的"字归入"记号"，在那"的"字上面的部分归入"谓语形式"或"句子形式"，这才是"国文风味"呢。

　　书中《语法成分》一章里有"记号"一目。从前认为关系代词的"的"字、名词代词和静词下面的"的"字；还有文言里遗留下来的"所"字，从前认为关系代词，杨遇夫先生定为被动助动词——这些都在这一目里。

这是个新意义，新名字。我们让印欧语法系统支配惯了，不易脱离它的窠臼，乍一接触这新意念，好像没个安放处，有巧立名目之感。继而细想，如所谓关系代词的"的"字和"所"字，实在似是而非——以"所"字为被动助动词，也难贯通所有的用例；名词下面的"的"字像介词，代词下面的像领格又像语尾，静词下面的像语尾，可又都不是的。本书新立"记号"一目收容这些，也是无办法的办法，至少有消极的用处——再仔细想，这一目实在足以表现中国语的特征，决不止于消极的用处。像上面举出的那些"的"字和"所"字，并无一点实质的意义，只是形式；这些字的作用是做语句的各种结构成分。这些字本来是所谓虚字；虚字原只有语法的意义，并无实质的意义可言。但一般的语法学家让"关系代词""助动词""介词""领格""语尾"等意念迷惑住了，不甘心认这些字为形式，至少不甘心认为独立的形式，便或多或少的比附起来；更有想从字源上说明这些字的演变的。这样反将中国语的特征埋没了，倒不如传统的讲法好了。

本书没有介词和连词，只有"联结词"，这是一个语法成分。印欧语里有介词一类，为的介词下面必是受格，而在受格的词多有形态的变化。中国语可以说是没有形态的变化的，情形自然不同。像"在家里坐着"的"在"字，"为他忙"或"为了他忙"的"为"字，只是动词；不过"在家里"，"为他"或"为了他"这几个谓语形式是限制"次品"的"坐着"与"忙"的"末品"罢了。联结词并不就是连词，它永远只在所联结者的中间，如"和""得"（的）、"但""况""且""而且""或""所以"以及文言里遗留下的"之"字等。中国语里这种词很少。因为往往只消将两个或两个以上的成分排在一起就见出联结的关系，用不着特别标明。至于"若""虽""因"一类字，并不像印欧语里常在语句之首，在中国语里的作用不是联结而是照应，本书称为"关系末品"，属于副词。本书《语法成分》一章里最先讨论的是系词。这成分关系句子的基本结构，关系中国语的基本结构，是一个重大的问题，王先生曾有长文讨论。据他精细研究的结果，系词在中国语里是不必要的。那么，句子里便不一定要动词了。这是中国语和印欧根本差异处。柏龙菲尔特等一些学者也曾见到这里，但分析的详尽，发挥的透彻，得推王先生。经过这番研究，似乎便不必将用作述语的静词属于同动词了。

系词的问题解决了，本书便能提供一种新的句子的分类。从前文法语法书一般的依据印欧语将句子分为叙述、疑问、命令、感叹四类。印欧语里这四类句子确可各自独立，或形态不同，或词序有别。但在中国语里并不然。这里分类只是意义的分别，只有逻辑的兴趣，不显语法的作用。本书只分三类句子："叙述句""描写句""判断句"。叙述句可以说是用动词作谓语；描写句可以说是用静词作谓语；判断句可以说是用系词"是"字作谓语（这一项是就现代语而论）。这三类句子，语法作用互异，才可各自独立。而描写句见出中国语的特征，这些特征是值得表彰的。书中论"简单句"和"复合句"，也都从特征着眼。简单句是"仅含一个句子形式的句子"，复合句是"由两个以上的分句联结而成者"。先说复合句。复合句中各分句的关系不外平行（或等立）和主从两型。本书不立"主从"的名称，而将这一型的句子分别列入"条件式""让步式""申说式""按断式"四目。这个分类以意义为主，有逻辑的完整。王先生指出在中国语里这些复合句有时虽也用"关系末品"造成，但是用"意合法"的多。因此他只能按意义分类。至于一般所谓包孕句，如"家人知贾政不知理家"，本书却只认为"简单句"。因为书中只有一个句子形式。"贾政不知理家"，而"家人知"并没有成功一个句子形式。"贾政不知理家"这个句子形式在这里只用作"首品"，和一个名词一样作用。

书中论简单句，创见最多。中国语的简单句可以没有一个动词，也可以有一个以上的动词，如上文举过的"在家里坐着"便是一例。这也是和印欧语根本差异处。这是"谓语形式"的应用。"谓语形式"这意义是个大贡献。这给了我们一个全新的"句子"的意义，在简单句的辨认，也就是在句子与分句的辨认上，例如"紫鹃……便出去开门"，按从前的文法语法书，该是一个平行的复合句，因为有两个动词，两个谓语。但照意义看，"出去""开门"是"连续行为"，是两个谓语形式合成一个"完整而独立的语言单位"，这其实是简单句。再举一个复杂些的例："东府里珍大爷来请过去看戏放花灯"，就意义上看，更显然是一个简单句。"来""请"是连续行为，"过去""看戏""放花灯"也是的。五个谓语形式构成一个简单句的谓语。一般的语法学家也可以比附散动词（即无定性动词）的意念来说明这种简单句。但印欧语的散动词往往有特殊的记号或形态，中国语里并无这种词，中国语其实没有所谓散动词。只有"谓语形式"可以圆满的解释这种简单句。本书称这种句子为"递系式"，是中国语的特殊句式之一。

"递系式"以外，本书还列举了"能愿式""使成式""处置式""被动式""紧缩式"五种特殊句式，都是简单句。从前的文法语法书也认这些为简单句，但多比附印欧语法系统去解释。如用印欧语里所谓助动词解释"能愿式"的句子"也不能看脉"里的"能"字，"被动式"句子"我们被人欺负了"里的"被"字；用散动词解释"能愿式"句子"那玉钏儿先虽不欲理他"里的"理"字，"使成式"句子"就叫你儒大爷爷打他的嘴巴子"里的"打"字；用介词解释"处置式"的句子"我把你膀子折了"里的"把"字，"紧缩式"句子"穷的（得）连饭也没的吃"里的"的"（得）字。其实这些例子除了末一个以外，都该用谓语形式解释。那"紧缩式"句子里的"的"（得）字，本书认为联结词，联结的也还是"谓语形式"。这五种句式其实都是"递系式"的变化。有了"谓语形式"这意义，这些句子的结构才可以看得清楚，中国语的基本特征也才可以完全显现。书中并用新的图解法表示这些结构，更可使人了然。书中又说到古人文章不带标点，遇着某一意义可以独立也可以不独立时，句与分句的界限就不能十分确定。我们往往得承认几种看法都不错，这是谨慎而切用的态度。关系也很大。

　　新文学运动和新文化运动以来，中国语在加速的变化。这种变化，一般称为欧化，但称为现代化也许更确切些。这种变化虽然还只多见于写的语言——白话文，少见于说话的语言，但日子久了，说的语言自然会跟上来的。王先生在本书里特立专章讨论"欧化的语法"，可见眼光远大。但所谓欧化语的标准很难选择。新文学运动到现在只有廿六年，时间究竟还短；文学作品诚然很多，成为古典的还很少，就是有一些可以成为古典，其中也还没有长篇的写作。语法学家取材自然很难。他若能兼文学批评家最好，但这未免是奢望。本书举的欧化语的例子，范围也许还可以宽些，标准也许还可以严些，但这对于书中精确的分析的结果并无影响。"欧化的语法"这一章的子目便可以表现分析的精确，现在抄在这里：一、"复音词的制造"。二、"主语和系词的增加"。三、"句子的延长"。四、"可能式、被动式、记号的欧化"。五、"联结成分的欧化"。六、"新代替法和新称数法"。七、"新省略法、新倒装法、新语法及其他"。看了这个子目，也就可以知道欧化的语法的大概了。中国语的欧化或现代化已经二十六年，该有人清算一番，指出这条路子那些地方走通了，那些地方走不通，好教写作的人知道努力的方向，大家共同创造"文学的国语"。王先生是第一个人做这番工作，他研究的结果影响中国语的发展一定不在小处。

本书从"造句法"讲起，词类只占了一节的地位，和印欧语的文法先讲词类而且逐类细讲的大不同。这又是中国语和印欧语根本差异处。印欧语的词类，形态和作用是分不开的，所以在语法里占重要的地位。中国语词可以说没有形态的变化，作用又往往随词序而定，词类的分辨有些只有逻辑的兴趣，本书给的地位是尽管够了的。本书以语法作用为主，而词类、仂语等都在句子里才有作用，所以从造句法开始。词类里那些表现语法作用的如助动词（"把"字、"被"字等）、副词、情貌词、语气词、联结词、代词都排在相当的地位分别详论。但说明作用，有时非借重意义不可。语句的意义固然不能离开语词的结构——就是语法作用——而独立，但语法作用也不能全然离开意义而独立。最近陈望道先生有《文法的研究》一篇短文（《读书通讯》五十九期），文后附语里道："国内学者还多徘徊于形态中心说与意义中心说之间。两说都有不能自圆其说之处。鄙见颇思以功能中心说救其偏缺。"功能就是作用。可惜他那短文只描出一些轮廓，无从详细讨论。他似是注重词类（文中称为"语部"）的。这里只想举出本书论被动句的话，作为作用和意义关系密切的一例。书中说被动句所叙述的，对句子的主格而言，是不如意或不企望的事。这确是一个新鲜的发现。中国语所以少用被动句，我们这才了然——本书虽以语法作用为主，同时也注重种种用例的心理，这对于语文意义的解释是有益处的。

本书目的在表彰中国语的特征，它的主要的兴趣是语言学的。如上文所论，这一个目的本书是达到了。我们这时代的人对于口头说的也是笔下写的现代语最有亲切感。在过去许多时代里，口头说的是一种语言（指所谓官话。方言不论），笔下写的另是一种语言。他们重视后者而轻视前者。我们并不轻视文言，可是达意表情一天比一天多用白话，在现实生活里白话的地位确已超出文言之上。本书描写现代语，给我们广博的、精确的、新鲜的知识，不但增加我们语言学的兴趣，并且增加我们生活的兴趣，真是一部有益的书。但本书还有一个目的，书中各节都有"定义"，按数目排下去，又有"练习""订误"和"比较语法"，是为的便于人学习白话文和国语，用意很好。不过就全书而论，这些究竟是无关宏旨的。

三十二年（1943）三月，昆明。

中国文学与用语（译文）

——[日本] 长濑诚　作

一

　　去年周作人氏来东时，说起中国现代白话文学正在过渡期，用语猥杂生硬，缺乏洗炼，所以像诗与戏剧等需要精妙语言的文学，目下佳作甚少，发展的只有小说罢了。荻原朔太郎氏响应周氏之说，以为日本文坛现状也是如此，因言语猥杂而欠调整，乏艺术味，于是诗与戏剧的佳作就不可得了。原来是言语造诗人，并非诗人造言语呵！（《纯正诗论》）言语造诗人还是诗人造言语，虽尚有考察的余地，但言语对于诗及戏剧关系重大，吾人大约皆无异论。周氏和荻原氏所说都是国内时代的限制，但同时也各说了本国语所具的本质的区别。现代中国语文的猥杂是受了异形式的外来语文的侵蚀，过渡的混乱状态，我想。

二

花美。　　　　　　　　（中）

花ハ美シィ。　　　　　（日）

Die Blume ist schön　　（德）

L,a fleur est beile　　　（法）

The flower is pretty　　（英）

欧洲语里作这种命题主辞的名词有冠词的限制；作宾辞的形容词，在法国语也有性别的限制，而主宾辞皆以系辞连结之：包括这种主宾辞的判断，显然是分析的而带客观性。中国语呢，没有冠词，形容词也没有性别的限制，只说"花美"就成。这种与其说是判断，不如说是像表象性质的短语"花美"的样子，是判断以前的东西。日本语却在二者之间。

中国旧文学取了这种表现形式，所以能在一二十字的短句中，将那具有无限飘渺的余韵的作者世界观投映出来，而形成神韵一派。又如庄子，好像那位反对论理的把握"实在"的柏格森的样子，也主张着直觉的知的同感似的（如《应帝王》篇混沌的死及《天道》篇轮扁等寓言），他那象征主义色彩也大大的靠着中国文这种特质的帮助。

三

就诗歌说，这种性质的文学到唐代李、杜等已达完成之域。中世的唐朝，社会机构染着很浓的浪漫色彩，李、杜等的诗便是这种社会机构的投影。而现代中国呢，一面还残存着旧日家庭经济的生产机构，一面却向着资本主义经济最尖端进行。社会状态既如此猥杂，精神方面在过渡中也极其混乱。无论中国人驱使文字如何的巧，用旧来成语表现继续输入的新名词概念到底不合式，却是当然。一面用"引得""德律风""摩托车"等欧洲语的译音，一面将"不景气""取缔""雏形""立场"等等日本语照原样使用；看起来却也并不感着如何生硬似的——胡适氏对于这种新名词敏感的关心着，将 Renaissance 的日本译语"文艺复兴"改正为"再生时代"，将 Scholar 哲学的日本译语"烦琐哲学"改正为"经院哲学"（《中国哲学史大纲》上卷）——这种情形不止于单语范围，就文章本身而论，新思想的输入也当然要引起文体的变更的。跟着新文化移植来的是旧来的世界观之科学化；文学革命的白话运动结果，将旧来表象的表现形式改变了，使它适应这种科学化：这便是白话运动的基调，虽然是非意识的，我想。现在的白话里，"花美"改说"花儿是美丽"了，形容词"美丽"用"是"字与主辞"花儿"连结。"是"字原来大约是代名词，在现在白话里已转化而与 Sein（德）、etre（法）、be（英）等字相同，做着系辞的事了。这句子比说"花美"时显然更加分析的判断化了。从文学上看，这种表现形式与旧来表象的表现形式相比，缺乏含蓄，气味不佳，给人以猥杂之感，也是理有固然。但是不管这些，照前述理由，我总想着白话运动的趋向是不错的。

四

我总想：中国决不会因为使用那种猥杂的语言，作那种不文学的文章，就永久产生不出艺术的诗与戏曲。凡过渡的东西，一般人常以为新奇、猥杂。不独语言如此，像在日本，在现在中国的样子，汽车与民众生活乖离，成为嗟怨之标的，成为"普罗文学"的对象，这种时代岂不也有吗？又像现在中国女子高跟鞋成了问题一样，在日本，女子断发洋装的事是如何不合社会环境而受非难呵。可是日子久了，生活式样与新的生活式样以及新的概念调整了，从前认为新奇的便不新奇了，感着猥杂的也像没有那样猥杂了。

这种情形在中国也一样。不单是任凭那样的自然淘汰，还可设法普及教育并统一语言，应用注音符号等音标文字以补足有音无字的缺陷。那么接触新时代的思想感觉而仍不失中国的特质的文学，一定会产生。

过渡期的乱杂在日本也麻烦过来着。十四五年前，说"因为跟他在公开的席上有一两回坐在一处，忽而攀谈，从此便熟起来了"——如此说便明白的事情，若改说"公开的席上有一两回因为空间的距离，偶然会认识了他"。这样的表现形式，便算是所谓新人物的表征了。

以意为之的事也许有，但外国人的我们所望于中国文坛的是发表中国色彩浓厚的作品。我们推重鲁迅的作品，决非为了他对于现代文化观点之精，而是为了他作品中渗透了非中国人写不出的，中国人的生活意识及世界观。佳作也许总带着民族味的。话虽如此，将旧来的表现形式不管三七二十一照原样使用，我们却是一点不盼望。我们深知"连结二点之线乃二点间最短距离是也"等表现形式之无理，决不至于要求中国文坛作同样的蠢事。

我与国人皆为现在中国语文的猥杂悲，可是确信，过了这好比生产之苦似的过渡期，前途是光明的。

> 日本竹内氏等办中国文学研究会，出版《中国文学月报》，以介绍批评新文学为主。现已出到第九号。本篇见第八号中，虽简略不备，但所提出的问题是很有趣很重要的。著者非会员，原在外交部，现在东亚学校服务，有《中国支那学研究的现状与动向》一书。未见。

二十五年（1936）一月，译者记。

文学的标准与尺度

我们说"标准",有两个意思。一是不自觉的,一是自觉的。不自觉的是我们接受的传统的种种标准。我们应用这些标准衡量种种事物种种人,但是对这些标准本身并不怀疑,并不衡量,只照样接受下来,作为生活的方便。自觉的是我们修正了的传统的种种标准,以及采用的外来的种种标准。这种种自觉的标准,在开始出现的时候大概多少经过我们的衡量,而这种衡量是配合着生活的需要的。本文只称不自觉的种种标准为"标准",改称种种自觉的标准为"尺度",来显示这两者的分别。"标准"原也离不开尺度,但尺度似乎不象标准那样固定,近来常说"放宽尺度",既然可以"放宽",就不是固定的了。这种"标准"和"尺度"的分别,在一个变得快的时代最容易觉得出，在道德方面在学术方面如此，在文学方面也如此。

中国传统的文学以诗文为正宗，大多数出于士大夫之手。士大夫配合君主掌握着政权。做了官是大夫，没有做官是士；士是候补的大夫。君主士大夫合为一个封建集团，他们的利害是共同的。这个集团的传统的文学标准，大概可用"儒雅风流"一语来代表。载道或言志的文学以"儒雅"为标准，缘情与隐逸的文学以"风流"为标准。有的人"达则兼济天下，穷则独善其身"，表现这种情志的是载道或言志，这个得有"正其谊不谋其利，明其道不计其功"的抱负，得有"怨而不怒""温柔敦厚"的涵养，得有"镕经铸史""含英咀华"的语言。这就是"儒雅"的标准。有的人纵情于醉酒妇人，或寄情于田园山水，表现这种种情志的是缘情或隐逸之风。这个得有"妙赏""深情"和"玄心"，也得用"含英咀华"的语言。这就是"风流"的标准。（关于"风流"的解释，用冯友兰先生语，见《论风流》一文中。）

在现阶段看整个的传统的文学，我们可以说"儒雅风流"是标准。但是看历代文学的发展，中间还有许多变化。即如诗本是"言志"的，陆机却说"诗缘情而绮靡"。"言志"其实就是"载道"，与"缘情"不大相同。

陆机实在是用了新的尺度。"诗言志"这一个语在开始出现的时候，原也是一种尺度；后来得到公认而流传，就成为一种标准。说陆机用了新的尺度，是对"诗言志"那个旧尺度而言。这个新尺度后来也得到公认而流传，成为又一种标准。又如南朝文学的求新，后来文学的复古，其实都是在变化，在变化的时候也都是用着新的尺度。固然这种新尺度大致只伸缩于"儒雅"和"风流"两种标准之间，但是每回伸缩的长短不同，疏密不同，各有各的特色。文学史的扩展从这种种尺度里见出。

这种尺度表现在文论和选集里，也就是表现在文学批评里。中国的文学批评以各种形式出现。魏文帝的"论文"是在一般学术的批评的《典论》里，陆机《文赋》也许可以说是独立的文学批评的创始，他将文作为一个独立的课题来讨论。此后有了选集，这里面分别体类，叙述源流，指点得失，都是批评的工作。又有了《文心雕龙》和《诗品》两部批评专著。还有史书的文学传论，别集的序跋和别集中的书信。这些都是比较有系统的文学批评，各有各的尺度。这些尺度有的依据着"儒雅"那个标准，结果就是复古的文学；有的依据着"风流"那个标准，结果就是标新的文学。但是所谓复古，其实也还是求变化求新异，韩愈提倡古文，却主张务去陈言，戛戛独造，是最显著的例子。古文运动从独造新语上最见出成绩来。胡适之先生说文学革命都从文字或文体的解放开始，是有道理的，因为这里最容易见出改变了的尺度。现代语体文学是标新的，不是复古的，却也可以说是从文字或文体的解放开始；就从这语体上，分明的看出我们的新尺度。

这种语体文学的尺度，如一般人所公认，大部分是受了外国的影响，就是依据着种种外国的标准。但是我们的文学史中原也有这样一股支流，和那正宗的或主流的文学由分而合的相配而行。明代的公安派和竟陵派自然是这支流的一段，但这支流的渊源很古久，截取这一段来说是不正确的。汉以前我们的言和文比较接近，即使不能说是一致。从孔子"有教无类"起，教育渐渐开放给平民，受教育的渐渐多起来。这种受了教育的人也称为"士"，可是跟从前贵族的士不同，这些只是些"读书人"。士的增多影响了语言和文体，话要说得明白，说得详细，当时的著述是说话的记录，自然也是这样。这里面该有平民语调的参入，虽然我们不能确切的指出。汉代辞赋发达，主要的作为宫廷文学；后来变为远于说话的骈俪的体制，士大夫就通用这种体制。可是另一方面，游历了通都大邑、名山大川的司马迁，却还用那近乎说话的文体作《史记》，古里古怪的扬雄跟"问孔""刺孟"的王充，也还用这种文体作《法言》和《论衡》，而乐府诗来自民间，不用问更近于说话。可见这种文体是废不掉的。就是骈俪文盛行的时代，也还有《世说新语》，记录那时代的说话。到了唐代的韩愈，提倡"气盛言宜"的古文，"气盛言宜"就是说话的调子，至少是近于说话的调子，还有语录和笔记，起于唐而盛于宋，还有来自民间的词，这些也都用着说话或近于说话的调子。东汉以来逐渐建立起来的门阀，到了唐代中叶垮了台，"寻常百姓"的士又增多起来，加上宋代印刷和教育的发达，所以那种详明如话的文体就大大的发达了。到了元、明两代，又有了戏曲和小说，更是以说话体就是语体为主。公安派、竟陵派接受了这股支派，努力想将它变成主流，但是这一个尝试失败了。直到现在，一个新的尝试才完成了语体文学，新文学，也就是现代文学。

从以上一段语体文学发展的简史里可以看出种种伸缩的尺度。这些尺度大体上固然不出乎"儒雅"和"风流"那两个标准，可是象语录和笔记，有些恐怕只够"儒"而不够"雅"，有些恐怕既不够"儒"也不够"雅"，不够"雅"因为用俗语或近乎俗语，不够"儒"

因为只是一些细事，无关德教，也与风流不相干。汉乐府跟《世说新语》也用俗语，虽然现在已将那些俗语看作了古典。戏曲和小说有的别忠奸，寓劝惩，叙风流，固然够得上标准，有的却不够儒雅，不算风流。在过去的文学传统里，这两种本没有地位，所谓不在话下。不过我们现在得给这些不够格的分别来个交代。我们说戏曲和小说可以见人情物理，这可以叫做"观风"的尺度，《礼记》里说诗可以"观民风"，可以观风，也就拐了弯儿达到了"儒雅"那个标准。戏曲和小说不但可以观民风，还可以观士风，而观风就是写实，就是反映社会，反映时代。这是社会的描写，时代的记录。在我们看来，用不着再绕到"儒雅"那个标准之下，就足够存在的理由了。那些无关政教也不算风流的笔记，也可以这么看。这个"人情物理"或"观风"的尺度原是依据了"儒雅"那个标准定出来的，可是唐代中叶以后，这个尺度似乎已经暗地里独立运用，这已经不是上德化下的尺度而是下情上达的尺度了。人民参加着定了这个尺度，而俗语的参入文学，正与这个尺度配合着。

说是人民参加着订定文学的尺度，如上文所提到的，该起于春秋末年贵族渐渐没落平民渐渐兴起的时候。这些受了教育的平民加入了统治集团，多少还带着他们的情感和语言。这种新的士流日渐增加，自然就影响了文化的面目乃至精神。汉乐府的搜集与流行，就在这样氛围之中。韩诗解《伐木》一篇说到"饥者歌其食，劳者歌其事"。"饥者歌其食，劳者歌其事"正是"人情物理"，正是"观风"；这说明了三百篇诗的一些诗，也说明了乐府里的一些诗。"饥者歌其食，劳者歌其事"，自然周代的贵族也会如此的，可是这两句带着浓重的平民的色彩；配合着语言的通俗，尤其可以见出。这就是前面说的"参加"，这参加倒是不自觉的。但那"人情物理"或"观风"的尺度的订定却是自觉的。汉以来的社会是士民对立，同时也是士民流通。《世说新语》里记录一些俗语，取其自然。在"风流"的标准下，一般的固然以"含英咀华"的语言为主，但是到了这时代稍加改变，取了"自然"这个尺度，也不足为怪的。

唐代中叶以后，士民间的流通更自由了，士人更多了。于是乎"人情物理"的著作也更多。元代蒙古人压迫汉人，士大夫的地位降低下去。真正领导文坛的是一些吏人以及"书会先生"。他们依据了"人情物理"的尺度作了许多戏曲，明代士大夫的地位高了些，但是还在暴君压制之下。他们这时却恢复了文坛的领导权，他们可也在作戏曲，并且在提倡小说，作小说了。公安派、竟陵派就是受了这种风气的影响而形成的。清代士大夫的地位又高了些，但是又在外族统治之下，还不能恢复元代以前的地位。他们也在作戏曲和小说，可是戏曲和小说始终还是小道，不能跟诗文并列为正宗。"人情物理"还是一种尺度，不能成为标准。但是平民对文学的影响确乎渐渐在扩大。原来士民的对立并不是严格的。尤其在文学上，平民所表现的生活还是以他们所"不能至而心向往之"的士大夫生活为标准。他们受自己的生活折磨够了，只羡慕着士大夫的生活，可又只能耐着苦羡慕着，不知道怎样用行动去争取，至多是表现在他们的文学就是民间文学里，低级趣味是免不了的，但那时他们的理想是爬上高处去。这样，士大夫的文学接受他们的影响，也算是个顺势。虽然"人情物理"和"通俗"到清代还没有成为标准，可是"自然"这尺度从晋代以来已渐渐成为一种标准。这究竟显出人民的力量。

　　大清帝国改了中华民国，新文化运动、新文学运动配合着"五四"运动画出了一个新时代。大家拥戴的是"德先生"和"赛先生"，就是民主与科学。但是实际上做到的是打倒礼教也就是反封建的工作。反封建解放了个人，也发现了民众，于是乎有了个人主义和人道主义，前者是实践，后者还是理论。这里得指出在那个阶段上，我们是接受了种种外国标准，而向现代化进行着。这时的社会已经不是士民的对立，而是封建的军阀官僚和人民的对立。从清末开设学校，受教育的人大量增多。士或读书人渐渐变了质，到这时一部分成为军阀和官僚的帮闲，大部分却成了游离的知识阶级。知识阶级从军阀和官僚独立，却还不能跟民众联合起来，所以游离着。这里面大部分是青年学生。这时候的文学是语体文学，开始似乎是应用着"人情物理""通俗"那两个尺度以及"自然"那个标准。然而"人情物理"变了质成为"打倒礼教"就是"反封建"也就是"个人主义"这个标准，"通俗"和"自然"也让步给那"欧化"的新尺度，这"欧化"的尺度后来并且也成了标准。用欧化的语言表现个人主义，顺带着人道主义，是这时期知识阶级向着现代化的路。

五卅运动接着国民革命，发展了反帝国主义运动，于是"反帝国主义"也成了文学的一种尺度。抗战起来了，"抗战"立即成了一切的标准，文学自然也在其中。胜利却带来了一个动乱时代，民主运动发展，"民主"成了广大应用的尺度，文学也在其中。这时候知识阶级渐渐走近了民众，"人道主义"那个尺度变质成为"社会主义"的尺度，"自然"又调剂着"欧化"，这样与"民

　　　　朱自清学术文选

主”配合起来。但是实际上做到的还只是暴露丑恶和斗争丑恶。这是向着新社会发脚的路。受教育的越来越多，这条路上的人也将越来越多，文学终于要配合上那新的“民主”的尺度向前迈进的。大概文学的标准和尺度的变换，都与生活配合着，采用外国的标准也如此。表面上好象只是求新，其实求新是为了生活的高度、深度或广度。社会上存在着特权阶级的时候，他们只见到高度和深度，特权阶级垮台以后，才能见到广度。从前有所谓雅俗之分，现在也还有低级趣味，就是从高度、深度来比较的。可是现在渐渐强调广度，去配合着高度、深度，普及同时也提高，这才是新的“民主”的尺度。要使这新尺度成为文学的新标准，还有待于我们自觉的努力。

[《大公报》，三十六年（1947）]

什么是文学？

　　什么是文学？大家愿意知道，大家愿意回答，答案很多，却都不能成为定论。也许根本就不会有定论，因为文学的定义得根据文学作品，而作品是随时代演变，随时代堆积的。因演变而质有不同，因堆积而量有不同，这种种不同都影响到什么是文学这一问题上。比方我们说文学是抒情的，但是象宋代说理的诗，十八世纪英国说理的诗，似乎也不得不算是文学。又如我们说文学是文学，跟别的文章不一样，然而就象在中国的传统里，经史子集都可以算是文学。经史子集堆积得那么多，文士们都钻在里面生活，我们不得不认这些为文学。当然，集部的文学性也许更大些。现在除经史子集外，我们又认为元明以来的小说戏剧是文学。这固然受了西方的文学意念的影响，但是作品的堆积也多少在逼迫着我们给它们地位。明白了这种种情形，就知道什么是文学这问题大概不会有什么定论，得看作品看时代说话。

新文学运动初期，运动的领导人胡适之先生曾答覆别人的问，写了短短的一篇《什么是文学？》。这不是他用力的文章，说的也很简单，一向不曾引起多少注意。他说文字的作用不外达意表情，达意达得好，表情表得妙就是文学。他说文学有三种性：一是懂得性，就是要明白。二是逼人性，要动人。三是美，上面两种性联合起来就是美。这里并不特别强调文学的表情作用；却将达意和表情并列，将文学看作和一般文章一样，文学只是"好"的文章、"妙"的文章、"美"的文章罢了。而所谓"美"就是明白与动人，所谓三种性其实只是两种性。"明白"大概是条理清楚，不故意卖关子；"动人"大概就是胡先生在《谈新诗》里说的"具体的写法"。当时大家写作固然用了白话，可是都求其曲，求其含蓄。他们注重求暗示，觉得太明白了没有余味。至于"具体的写法"，大家倒是同意的。只是在《什么是文学？》这一篇里，"逼人""动人"等语究竟太泛了，不象《谈新诗》里说的"具体的写法"那么"具体"，所以还是不能引人注意。

再说当时注重文学的型类，强调白话诗和小说的地位。白话新诗在传统里没有地位，小说在传统里也只占到很低的地位。这儿需要斗争，需要和只重古近体诗与骈散文的传统斗争。这是工商业发展之下新兴的知识分子跟农业的封建社会的士人的斗争，也可以说是民主的斗争。胡先生的不分型类的文学观，在当时看来不免历史癖太重，不免笼统，而不能鲜明自己的旗帜，因此注意他这一篇短文的也就少。文学型类的发展从新诗和小说到散文——就是所谓美的散文，又叫做小品文的。虽然这种小品文以抒情为主，是外来的影响，但是跟传统的骈散文的一部分却有接近之处。而文学包括这种小说以外的散文在内，也就跟传统的文的意念包括骈散文的有了接近之处。小品文之后有杂文。杂文可以说是继承"随感录"的，但从它的短小的篇幅看，也可以说是小品文的演变。小品散文因应时代的需要从抒情转到批评和说明上，但一般还认为是文学，和长篇议论文说明文不一样。这种文学观就更跟传统的文的意念接近了。而胡先生说的什么是文学也就值得我们注意了。

传统的文的意念也经过几番演变。南朝所谓"文笔"的文，以有韵的诗赋为主，加上些典故用得好，比喻用得妙的文章；《昭明文选》里就选的是这些。这种文多少带着诗的成分，到这时可以说是诗的时代。宋以来所谓"诗文"的文，却以散文就是所谓古文为主，而将骈文和辞赋附在其中。这可以说是到了散文时代。现代中国文学的发展，虽只短短的三十年，却似乎也是从诗的时代走到了散文时代。初期的文学意念近于南朝的文的意念，而与当时还在流行的传统的文的意念，就是古文的文的意念，大不相同。但是到了现在，小说和杂文似乎占了文坛的首位，这些都是散文，这正是散文时代。特别是杂文的发展，使我们的文学意念近于宋以来的古文家而远于南朝。胡先生的文学意念，我们现在大概可以同意了。

英国德来登早就有知的文学和力的文学的分别，似乎是日本人根据了他的说法而仿造了"纯文学"和"杂文学"的名目。好象胡先生在什么文章里不赞成这种不必要的分目。但这种分类虽然好象将表情和达意分而为二，却也有方便处。比方我们说现在杂文学是在和纯文学争着发展。这就可以见出这时代文学的又一面。杂文固然是杂文学，其他如报纸上的通讯、特写，现在也多数用语体而带有文学意味了，书信有些也如此。甚至宣言，有些也注重文学意味了。这种情形一方面见出一般人要求着文学意味，一方面又意味着文学在报章化。清末古文报章化而有了"新文体"，达成了开通民智的使命。现代文学的报章化，该是德先生和赛先生的吹鼓手罢。这里的文学意味就是"好"，就是"妙"，也就是"美"，却决不是卖关子，而正是胡先生说的"明白""动人"。报章化要的是来去分明，不躲躲闪闪的。杂文和小品文的不同处就在它的明快，不大绕弯儿，甚至简直不绕弯儿。具体倒不一定。叙事、写景要具体，不错。说理呢，举例子固然要得，但是要言不烦，或简截了当也就是干脆，也能够动人。使人威固然是动人，使人信也未尝不是动人。不过这样解释着胡先生的用语，他也许未必同意罢？

[北平《新生报》，三十五年（1946）]

什么是文学的"生路"？

杨振声先生在本年十月十三日《大公报》的《星期文艺》第一期上发表了《我们打开一条生路》一篇文。中间有一段道：

> "过去种种譬如昨日死"，不是譬如它真的死亡了；帝国主义的死亡，独裁政体的死亡，资本主义与殖民政策也都在死亡中，因而从那些主义与政策发展出来的文化必然的也有日暮途穷之悲。我们在这里就要一点自我讽刺力与超己的幽默性，去撞自己的丧钟，埋葬起过去的陈腐，从新抖擞起精神作这个时代的人。

这是一个大胆的、良心的宣言。

杨先生在这篇文里可没有说到怎样打开一条生路。十一月一日《星期文艺》上有废名先生《响应"打开一条生路"》一篇文，主张"本着（孔子的）伦常精义，为中国创造些新的文艺作品"，他说伦常就是道，也就是诗。杨先生在文后有一段按语，提到了笔者的疑问，主张"综合中外新旧，胎育我们新文化的蓓蕾以发为新文艺的花果"。但是他说"这些话还是很笼统"。

具体的打开的办法确是很难。第一得从"作这个时代的人"说起。这是一个动乱时代，是一个矛盾时代。但这是平民世纪。新文化得从矛盾里发展，而它的根基得打在平民身上。中国知识阶级的文人吊在官僚和平民之间，上不在天，下不在田，最是苦闷，矛盾也最多。真是做人难。但是这些人已经觉得苦闷，觉得矛盾，觉得做人难，甚至愿意"去撞自己的丧钟"，就不是醉生梦死。他们、我们愿意做新人，为新时代服务。文艺是他们的岗位，他们的工具。他们要靠文艺为新时代服务。文艺有社会的使命，得是载道的东西。

做过美国副国务卿的诗人麦克里希在一九三九年曾写过一篇文叫做《诗与公众世界》，说"我们是活在一个革命的时代，在这时代，公众的生活冲过了私有的生命的堤防。……私有经验的世界已经变成了群众、街市、都会、军队、暴徒的世界"。他因而主张诗歌与政治改革发生关系。后来他做罗斯福总统的副国务卿，大概就为了施展他的政治改革的抱负。可惜总统死了，他也就下台了。他的主张，可以说是诗以载道。诗还要载道，不用说文更要载道了。时代是一个，天下是一家，所以大家心同理同。

这个道是社会的使命。要表现它，传达它，得有一番生活的经验，这就难。知识阶级的文人，虽然让"公众的生活冲过了私有的生命的堤防"，但是他们还惰性的守在那越来越窄的私有的生命的角落上。他们能够嘲讽的"去撞自己的丧钟"，可是没有足够的勇气"从新抖擞起精神作这个时代的人"。这就是他们、我们的矛盾和苦闷所在。

古代的文人能够代诉民间疾苦，现代的文人也能够表现人道主义。但是这种办法多多少少有些居高临下。平民世纪所要求的不是这个，而是一般高的表现和传达，这就是说文人得作为平民而生活着，然后将那生活的经验表现、传达出来。麦克里希所谓"革命的时代"的"革命"，不知是不是这个意思，然而这确是一种革命。革命需要大勇气，自然难。

然而苦闷要求出路，矛盾会得发展。我们的文人渐渐的在工商业的大都市之外发现了农业的内地。在自己的小小的圈子之外发现了小公务员。他们的视野扩大了，认识也清楚多了，他们渐渐能够把握这个时代了。自然，新文学运动以来的作者早就在写农村，写官僚。然而态度不同，他们是站在知识阶级自己的立场尽了反封建、反帝国主义的任务。现在这时代进一步要求他们自己站到平民的立场上来说话。他们写内地，写小公务员，就是在不自觉的多多少少接受着这个要求，所以说是"发现"。再说第一次世界大战以后，个人主义一度猛烈的抬头，一般作者都将注意集中在自己身上，甚至以"身边琐事"为满足。现在由自己转到小公务员，转到内地人，也该算是"发现"。

　　知识阶级的文人如果再能够自觉的努力发现下去，再多扩大些，再多认识些，再多表现、传达或暴露些，那么，他们会渐渐的终于无形的参加了政治社会的改革的。那时他们就确实站在平民的立场，"作这个时代的人"了。现在举例来说，文人大多数生活在都市里，他们还可以去发现知识青年，发现小店员，还可以发现摊贩，这些人都已经有集团的生活了，去发现也许并不太难。现在的报纸上就有这种特写，那正是一个很好的

　　　　　朱自清学术文选

起头。

说起报纸，我觉得现在的文艺跟报章体并不一定有高低的分别，而是在彼此交融着，看了许多特写可以知道。现在的文艺因为读者群的增大，不能再是"文章千古事，得失寸心知"了，它得诉诸广大的读众。加上话剧和报纸特写的发达和暗示，它不自觉的渐渐的走向明白痛快的写实一路。文艺用的语言虽然总免不掉夹杂文言，夹杂欧化，但是主要的努力是向着活的语言。文艺一面取材于活的语言，一面也要使文艺的语言变成活的语言。在这种情形之下，杂文、小说和话剧自然就顺序的一个赛一个的加速的发展。这三员大将依次的正是我们开路的先锋。杨先生那篇文就是杂文，他用的就是第一员先锋。

[北平《新生报》，三十五年（1946）]

古文学的欣赏

　　新文学运动开始的时候，胡适之先生宣布"古文"
是"死文学"，给它撞丧钟，发讣闻。所谓"古文"，包
括正宗的古文学。他是教人不必再做古文，却显然没有
教人不必阅读和欣赏古文学。可是那时提倡新文化运动
的人如吴稚晖、钱玄同两位先生，却教人将线装书丢在
茅厕里。后来有过一回"骸骨的迷恋"的讨论也是反对
作旧诗，不是反对读旧诗。但是两回反对读经运动却是
反对"读"的。反对读经，其实是反对礼教，反对封建
思想；因为主张读经的人是主张传道给青年人，而他们
心目中的道大概不离乎礼教，不离乎封建思想。强迫中
小学生读经没有成为事实，却改了选读古书，为的了解
"固有文化"。为了解固有文化而选读古书，似乎是国民

分内的事，所以大家没有说话。可是后来有了"本位文化"论，引起许多人的反感，本位文化论跟早年的保存国粹论同而不同，这不是残余的而是新兴的反动势力。这激起许多人，特别是青年人，反对读古书。

可是另一方面，在本位文化论之前也有过一段关于"文学遗产"的讨论。讨论的主旨是如何接受文学遗产，倒不是扬弃它；自然，讨论到"如何"接受，也不免有所分别扬弃的。讨论似乎没有多少具体的结果，但"批判的接受"这个广泛的原则，大家好象都承认。接着还有一回范围较小，性质相近的讨论。那是关于《庄子》和《文选》的。说《庄子》和《文选》的词汇可以帮助语体文的写作，的确有些不切实际。接受文学遗产若从"做"的一面看，似乎只有写作的态度可以直接供我们参考，至于篇章字句，文言语体各有标准，我们尽可以比较研究，却不能直接学习。因此许多大中学生厌弃教本里的文言，认为无益于写作，他们反对读古书，这也是主要的原因之一。倒是流行的《作文法》《修辞学》《文学概论》这些书，举例说明，往往古今中外兼容并包，青年人对这些书里的"古文今解"倒是津津有味的读着，并不厌弃似的。从中可以看出青年人虽不愿信古，不愿学古，可是给予适当帮助，他们却愿意也能够欣赏古文学，这也就是接受文学遗产了。

说到古今中外，我们自然想到翻译的外国文学。从新文学运动以来，语体翻译的外国作品数目不少，其中近代作品占多数；这几年更集中于现代作品，尤其是苏联的。但是希腊、罗马的古典，也有人译，有人读，直到最近都如此。《莎士比亚》至少也有两种译本。可见一般读者（自然是青年人多），对外国的古典也在爱好着。可见只要能够让他们接近，他们似乎是愿意接受文学遗产的，不论中外。而事实上外国的古典倒容易接近些。有些青年人以为古书古文学里的生活跟现代隔得太远，远得渺渺茫茫的，所以他们不能也不愿意接受那些。但是外国古典该隔得更远了，怎么事实上倒反容易接受些呢？我想从头来说起，古人所谓“人情不相远”是有道理的。尽管社会组织不一样，尽管意识形态不一样，人情总还有不相远的地方。喜怒哀乐爱恶欲总还是喜怒哀乐爱恶欲，虽然对象不尽同，表现也不尽同。对象和表现的不同，由于风俗习惯的不同；风俗习惯的不同，由于地理环境和社会组织的不同。使我们跟古代跟外国隔得远的，就是这种种风俗习惯；而使我们跟古文学跟外国文学隔得远的尤其是可以算做风俗习惯的一环的语言文字。语体翻译的外国文学打通了这一关，所以倒比古文学容易接受些。

　　人情或人性不相远，而历史是延续的，这才说得上接受古文学。但是这是现代，我们有我们的立场。得弄清楚自己的立场，再弄清楚古文学的立场，所谓"知己知彼"，然后才能分别出那些是该扬弃的，那些是该保留的。弄清楚立场就是清算，也就是批判；"批判的接受"就是一面接受着，一面批判着。自己有立场，却并不妨碍了解或认识古文学，因为一面可以设身处地为古人着想，一面还是可以回到自己立场上批判的。这"设身处地"是欣赏的重要的关键，也就是所谓"感情移入"。个人生活在群体中，多少能够体会别人，多少能够为别人着想。关心朋友，关心大众，恕道和同情，都由于设身处地为别人着想；甚至"替古人担忧"也由于此。演戏，看戏，一是设身处地的演出，一是设身处地的看人。做人不要做坏人，做戏有时候却得做坏人。看戏恨坏人，有的人竟会丢石子甚至动手去打那戏台上的坏人。打起来确是过了分，然而不能不算是欣赏那坏人做得好，好得教这种看戏的忘了"我"。这种忘了"我"的人显然没有在批判着。有批判力的就不至如此，他们欣赏着，一面常常回到自己，自己的立场。欣赏跟行动分得开，欣赏有时可以影响行动，有时可以不影响，自己有分寸，做得主，就不至于糊涂了。读了武侠小说就结伴上峨眉山，的确是糊涂。所以培养欣赏力同时得培养批判力，不然，"有毒的"东西就太多了。然而青年人不愿意接受有些古书和古文学，倒不一定是怕那"毒"，他们的第一难关还是语言文字。

打通了语言文字这一关，欣赏古文学的就不会少，虽然不会赶上欣赏现代文学的多。语体翻译的外国古典可以为证。语体的旧小说如《水浒传》《西游记》《红楼梦》《儒林外史》，现在的读者大概比二三十年前要减少了，但是还拥有相当广大的读众。这些人欣赏打虎的武松，焚稿的林黛玉，却一般的未必崇拜武松，尤其未必崇拜林黛玉。他们欣赏武松的勇气和林黛玉的痴情，却嫌武松无知识，林黛玉不健康。欣赏跟崇拜也是分得开的。欣赏是情感的操练，可以增加情感的广度、深度，也可以增加高度。欣赏的对象或古或今，或中或外，影响行动或浅或深，但是那影响总是间接的；直接的影响是在情感上。有些行动固然可以直接影响情感，但欣赏的机会似乎更容易得到些。要培养情感，欣赏的机会越多越好，就文学而论，古今中外越多能欣赏越好。这其间古文和外国文学都有一道难关，语言文字。外国文学可用语体翻译，古文学的难关该也不难打通的。

我们得承认古文确是"死文字"，死语言，跟现在的语体或白话不是一种语言。这样看，打通这一关也可以用语体翻译。这办法早就有人用过，现代也还有人用着。记得清末有一部《古文析义》，每篇古文后边有一篇白话的解释，其实就是逐句的翻译。那些翻译够清楚的，虽然罗唆些。但是那只是一部不登大雅之堂的启蒙书，不曾引起人们注意。"五四"运动以后，整理国故引起了古书今译。顾颉刚先生的《盘庚篇今译》（见《古史辨》），最先引起我们的注意。他是要打破古书奥妙的气氛，所以将《尚书》里诘屈聱牙的这《盘庚》三篇用语体译出来，让大家看出那"鬼治主义"的把戏。他的翻译很谨严，也够确切，最难得的，又是三篇简洁明畅的白话散文，独立起来看，也有意思。近来郭沫若先生在《由周代农事诗论到周代社会》一文（见《青铜时代》）里翻译了《诗经》的十篇诗，风雅颂都有。他是用来论周代社会的，译文可也都是明畅的素朴的白话散文诗。此外还有将《诗经》《楚辞》和《论语》作为文学来今译的，都是有意义的尝试。这种翻译的难处在乎译者的修养，他要能够了解古文学，批判古文学，还要能够照他所了解与批判的译成艺术性的或有风格的白话。

翻译之外，还有讲解，当然也是用白话。讲解是分析原文的意义并加以批判，跟翻译不同的是以原文为主。笔者在《国文月刊》里写的《古诗十九首集释》，叶绍钧先生和笔者合作的《精读指导举隅》（其中也有语体文的讲解），浦江清先生在《国文月刊》里写的《词的讲解》，都是这种尝试。有些读者嫌讲得太琐碎，有些却愿意细心读下去。还有就是白话注释，更是以读原文为主。这虽然有人试过，如《论语》白话注之类，可只是敷衍旧注，毫无新义，那注文又罗里罗唆的。现在得从头做起，最难的是注文用的白话，现行的语体文里没有这一体，得创作，要简明朴实。选出该注释的词句也不易，有新义更不易。此外还有一条路，可以叫做拟作。谢灵运有《拟魏太子邺中集》，综合的拟写建安诗人，用他们的口气作诗。江淹有《杂拟诗》三十首，也是综合而扼要的分别拟写历代无名的五言诗人，也用他们自己的口气。这是用诗来拟诗。英国麦克士·比罗姆著《圣诞花环》，却以圣诞节为题用散文来综合的扼要的拟写当代各个作家。他写照了各个作家，也写照了自己。我们不妨如法炮制，用白话来尝试。以上四条路都通到古文学的欣赏；我们要接受古代作家文学遗产，就可以从这些路子走近去。

诵读教学

前天北平报上有黎锦熙先生谈国语教育一段记载。"他认为现在教育成绩最坏的是国文，其原因，第一在忽视诵读技术。……他于二十年前曾提倡新文学运动，也曾经提倡过欧化的文句。可是文法组织相当精密，没有漏洞。现在中学生作文与说话失去了联系，文字和语言脱了节。文字本来是统一的，语言一向是纷歧的。拿纷歧的语言来写统一的文字，自然发生这种畸形的病象。因此训练白话文的基本技术，应有统一的语言，使纷歧的个别的语言先加以统一的技术训练。所以大原则就是训练白话文等于训练国语。所谓'耳治''口治''目治'这诵读教学三部曲，日渐纯熟，则古人的'一目十行''七步成诗'并非难事。"这一段记载嫌笼统，不能使我们确切的了解黎先生的意思，但他强调"作文与说话失去了联系，文字和语言脱了节"，强调"诵读教学"，值得我们注意。

所谓"作文与说话失去了联系"，是指写作白话文而言。照上下文看，"失去联系"似乎指作文过分欧化，或者夹杂方言。过分欧化自然和语言脱节，夹杂方言是拿"纷歧的个别的语言"来搅乱统一的国语，也就是和国语脱节。欧化是中国现代文化的一般动向，写作的欧化是跟一般文化配合着的。欧化自然难免有时候过分，但是这八九年来在写作方面的欧化似乎已经能够适可而止了。照上下文看，黎先生好象以文法组织严密为适当的欧化的标准。但是一般中国文法书都还在用那欧语的文法做蓝本，在这个意义之下的"文法组织严密"，也许倒会使欧化过分的。这种标准其实还得仔细研究，现时还定不下来。可是我们却能觉察到近些年写作的欧化确是达到了适可而止的地步。虽然适可而止，欧化总还是欧化，写作和说话总还在脱节。这个要等时候，加上"诵读教学"的帮忙，会渐渐习惯成自然，那时候看上眼顺的，念上口也会顺了，那时候"耳治""口治""目治"就一致了。

夹杂方言却与欧化问题不一样。从写作的本人看无论是否中学生，他的文字里夹些方言，恐怕倒觉得合拍些。在读者一面，只要方言用得适当，也会觉得新鲜或别致。这不能算是脱节。我虽然赞成定北平话为标准语，却也欣赏纯方言或夹方言的写作。近些年用四川话写作的颇有几位作家，夹杂四川话或西南官话的写作更多，有些很不错。这个丰富了我们的写的语言，国语似乎该来个门户开放政策，才能成其为国语。

我倒觉察到一些学生作文，过分的依照自己的那"纷歧的个别的语言"，而不知道顾到"统一的文字"。这些学生的作文自己读自己听很顺，自己读别人听也顺，可是别人读就不顺了。他们不大用心诵读别人的文字，没有那"统一的文字"的意念，只让自己的语言支配着，所以就出了毛病。这些学生可都是相当的会说话的，要不然他自己读的时候别人听起来也就不会觉得顺了。从一方面看，这是作文赶不上说话，算是脱节也未尝不可。这些学生该让他们多多用心诵读各家各派的文字；获得那"统一的文字"的调子或语脉——叫文脉也成。这里就见得"诵读教学"的重要了。

现在流行朗诵，朗诵对于说话和作文也有帮助，因为练习朗诵得咬嚼文字的意义，揣摩说话的神气。但是也许更着重在揣摩上。朗诵其实就是戏剧化，着重在动作上。这是一种特别的才能，有独立性，作品就是看来差些，朗诵家凭自己的才能也还会使听众赞叹的。诵读和朗读却不相同。称为"读"就着重在意义上，"读"字本作抽出意义解，读白话文该和宣读文件一般，自然也讲究疾徐高下，却以清朗为主，用不着什么动作。有些白话文有意用说话体，那就应该照话那么"说"，"说"也是清朗为主，有时需要一些动作，也不多。白话文需要读的却比需要说的多得多，所以读、朗读或诵读更该注重。诵读似乎不难训练，读了白话文去背也并不难。只是一般教师学生用私塾念书的调子去读，或干脆不教学生读，以为不好读或不值得读。前者歪曲了白话文，后者也歪曲了白话文，所谓过犹不及。要增进学生了解和写作白话文的能力，是得从正确的诵读教学下手，黎先生的见解是不错的。

[北平《新生报》，三十五年（1946）]

诵读教学与"文学的国语"

　　黎锦熙先生提倡国语的诵读教学，魏建功先生也提倡国语的诵读教学。魏先生是台湾国语推行委员会主任委员。他为"中国语文诵读方法座谈会"的事写信给我，说"台省国语事业与国文教学不能分离，而于诵读问题尤甚关切"。黎先生也曾说"训练白话文等于训练国语"，因而强调诵读教学。黎先生的话和魏先生的话合看，相得益彰。在语言跟国语大不相同的台湾省，才更见出诵读教学的重要来。国语对于现在的台湾同胞差不多是一种新的语言，学习新的语言，得从"说"入手；但是要同时学习"说"和"写"，就非注重诵读教学不可。

　　诵读教学在一般看来是注重了解和写作，黎先生的意见，据报上所记，正是如此。魏先生似乎更注重诵读对于说的效用，就是对于口语的效用。这一层是我们容易忽略的。我们现在学习外国语，一般的倒是从诵读入手，这是事实。照念的"说"出来，虽然不很流利，却也可以成话。这可见诵读可以帮助造成口语。但是我们学习国语，一般的是从"说"入手。这原是更有效的直接办法。不过在台湾这种直接法事实上恐怕一时不能普遍推行，所以就是撇开"写"单就"说"而论，也还得从诵读入手。我猜想魏先生的意思是如此。

我因此却想到一个更大的问题，就是"文学的国语"的问题。胡适之先生当年写《建设的文学革命论》，提出"国语的文学，文学的国语"两个语。他说"文学的国语"要由"国语的文学"产生。这是不错的。到现在三十年了，"国语的文学"已经伸展到小公务员和小店员群众里，区域是很广大了，读众是很不少了，而"文学的国语"虽然也在成长中，却似乎慢些。就是接触国语文学最多最久的知识青年这阶层，在这三十年里口语上似乎也并没有变化多少，没有丰富多少，这比起国语文学的发达，简直可以说是配合不上。我想这种情形主要的是由于国语的文学有自觉的努力，而文学的国语只在自然的成长。现在是到了我们加以自觉的努力的时候了，这种自觉的努力就是诵读教学。

现在我们的白话文，就是国语文学用的文字，夹杂着一些文言和更多的欧化语式。文言本可上口，不成大问题；成问题的是欧化语式，一般人总觉得不能上口，加以非难。他们要的是顺：看起来顺眼，听起来顺耳，读起来顺口。这里是顺口第一，顺口自然顺耳，而到了顺耳，自然也就顺眼了。所以不断的有人提出"上口"来做白话文的标准。这自然有它的道理，白话本于口语，自然应该"上口"。但是从语言的成长而论，尤其从我们的"文学的国语"的成长而论，这个"上口"或"顺口"的标准却应该活用；有些新的词汇新的语式得给予时间让它们或教它们上口。这些新的词汇和语式，给予了充足的时间，自然就会上口，可是如果加以诵读教学的帮助，需要的时间会少些，也许会少得多。

语言是活的，老是在成长之中，随时吸收新的词汇和语式来变化它自己，丰富它自己。但这是自然而然，所以我们虽然常有些新语上口，却简直不觉得那些是新语。可是在大量新语同时来到的时候，我们就觉得了。清末的"新名词"的问题，就是因为"新名词"一涌而来，消化不了，所以大家才觉得那些是"新名词"，是不顺眼的"新名词"。但是那些"新名词"如"手续""取消"等，以及新语式如"有……必要"等，现在却早已成了口头熟语了。新名词越来越多，见惯不惊，也已经不成问题了。成问题的是欧化语式。但是反对欧化语式的似乎以老年人和中年人为多；在青年人间，只要欧化得不过分，他们倒愿意接受的。

青年人愿意接受欧化语式，主要的是阅读以及诵读的影响。这时代的青年人，大概在小学和初中时期就接触了白话文，而一般白话文多少都有些欧化。他们诵读一些，可是阅读的很多。高中到大学时期他们还是不断的在阅读欧化的白话文，并且阅读的也许更多。这样自然就愿意接受欧化的语式。只是由于诵读教学的不得法和无标准，他们接受欧化语式，阅读的影响实在比诵读的影响大得多。所以就是他们，也还只能多多接受欧化到笔下，而不能多多接受欧化到口头。白话文确是至今还不能完全上口。写好一篇稿子去演讲广播，照着念下去，自己总觉得有许多地方不顺口，怕人家听不明白。于是这里插进一些解释，那里换掉一些语式，于是白话和白话文还是两家子。说的语言和写的语言多少本有些距离，但是演讲或广播的语言应该近于写的语言，而不应该如我们的相距这么远。白话文象这样不能完全上口，我们的"文学的国语"是不能成立的。

现在我们叙述或讨论日常事项，因为词汇的关系，常常不自觉的采用一些欧化语式，但是范围不大。要配合着这种实际情形，加速"文学的国语"的成长，就得注重诵读教学，建立诵读的标准。如果从小学到初高中一直注重诵读，教师时常范读，学生时常练习，习惯自然，就会觉得白话文并不难上口。这班青年学生到了那时候就不但会接受新的白话文在笔下，并将接受新的白话到口头了。他们更将散布影响到一般社会里，这样会加速国语的成长，也会加速"文学的国语"的造成。诵读教学并不太难。第一得知道诵读就是读，不是吟，也不是唱。这是最简单的标准。第二得多练习，曲不离口，诵读也要如此。这是最简单的办法。过去的诵读教学，拿白话文来吟唱，自然不是味儿，因为不是味儿，也就不愿意多练习。现在得对症下药才成。

[北平《新生报》，三十五年（1946）]

论诵读

　　最近魏建功先生举行了一回"中国语文诵读方法座谈会"，参加的有三十人左右，座谈了三小时，大家发表的意见很多。我因为去诊病，到场的时候只听到一些尾声。但是就从这短短的尾声，也获得不少的启示。昨天又在《北平时报》上读到李长之先生的《致魏建功先生书》，觉得很有兴味。自己在接到开会通知的时候也曾写过一篇短文，说明诵读教学可以促进"文学的国语"的成长，现在还有些补充的意见，写在这里。

　　抗战以来大家提倡朗诵，特别提倡朗诵诗。这种诗歌朗诵战前就有人提倡。那时似乎是注重诗歌的音节的试验；要试验白话诗是否也有音乐性，是否也可以悦耳，要试验白话诗用那一种音节更听得入耳些。这种朗诵运动为的要给白话诗建立起新的格调，证明它的确可以替代旧诗。战后的诗歌朗诵运动比战前扩大得多，目的也扩大得多。这时期注重的是诗歌的宣传作用、教育作用，也许尤其是团结作用，这是带有政治性的。而这种朗诵，边诵边表情，边动作，又是带有戏剧性的。这实在是将诗歌戏剧化。戏剧化了的诗歌总增加了些什么，不全是诗歌的本来面目。而许多诗歌不适于戏剧化，也就不适于这种朗诵。所以有人特别写作朗诵诗。战前战后的朗诵运动当然也包括小说、散文和戏剧，但是特别注重诗；因为是精炼的语言，弹性大，朗诵也最难。

朗诵的发展可以帮助白话诗文的教学，也可以帮助白话诗文的上口，促进"文学的国语"成长。但是两个时期的朗诵运动，都并不以语文教学为目标，语文教学实际上也还没有受到很大的影响。现在魏建功先生，还有黎锦熙先生，都在提倡诵读教学，提倡向这一方面的自觉的努力，这是很好的。这不但与朗诵运动并行不悖，而且会相得益彰。黎先生提倡的诵读教学，据报上他的谈话，似乎注重白话，魏先生的座谈，却包括文言。这种诵读教学自然是以文为主，不以诗为主，因为教材是文多，习作也是文多，应用还是文多。这就和朗诵运动的出发点不一样。

诵读是一种教学过程，目的在培养学生的了解和写作的能力。教学的时候先由教师范读，后由学生跟着读，再由学生自己练习着读，有时还得背诵。除背诵外却都可以看着书。诵读只是诵读，看着书自己读，看着书听人家读，只要做过预习的工夫，当场读得又得法，就可以了解的，用不着再有面部表情和肢体动作。这和战前的朗诵差不多，只是朗诵时听众看不到原作，和战后的朗诵却就差得多。朗诵是艺术，听众在欣赏艺术。诵读是教学，读者和听者在练习技能。这两件事目的原不一样。但是朗诵和诵读都是既非吟，也非唱，都只是说话的调子，这可是一致的。

吟和唱都将文章音乐化，而朗诵和诵读却注重意义，音乐化可以将意义埋起来，或使意义滑过去。战前的朗诵固然可以说是在发现白话诗的音乐性，但是有音乐性不就是音乐化。例如一首律诗，平仄的安排是音乐性，吟起来才是音乐化，读下去就不是的。现在我们注重意义，所以不要音乐化，不要吟和唱。我在别处说过"读"该照宣读文件那样，但是这句话还未甚显明。李长之先生说的才最干脆，他说"所谓诵读一事，也便只有用话的语调（平常说话的语调）去读的一途了"。宣读文件其实就用的是说话的语调。

诵读虽然该用说话的调子，可究竟不是说话。诵读赶不上说话的流畅，多少要比说话做作一些。诵读第一要口齿清楚，吐字分明。唱曲子讲究咬字，诵读也得字字清朗，尽管抑扬顿挫，清朗总得清朗的。李长之先生注重词汇的读出，也就是这个意思。座谈会里潘家洵先生指出私塾儿童读书固然有两字一顿的，却也有一字一顿的；如"孟——子——见——梁——惠——王"之类的读法，我们是常常可以听到的。大概两字一顿是用在整齐的句法上，如读《千字文》《百家姓》《龙文鞭影》《幼学琼林》《千家诗》之类；一字一顿是用在参差的句法上，如读《四书》等。前者是音乐化，后者逐字用同样强度读出，是让儿童记清每一个字的形和音，象是强调的说话。这后一种诵读，机械性却很大，不象说话那样可以含胡几个字甚至吞咽几个字而反有姿态，有味儿。我们所要的字字清朗的诵读，性质上就近于这后一种，不过顿的字数不一定，再加上抑扬顿挫，跟说话多相象一些罢了。

用说话的调子诵读白话文，自然该最象说话，虽然因为言文总有些分别，不能等于说话。但是现在的白话文是欧化了的，诵读起来也还不能很象说话。相信诵读教学切实施行若干时后，诵读可以帮助变化说话的调子，那时白话文的诵读虽然还是不能等于说话，总该差不离儿了。诵读白话诗，现在是更不象说话；因为诗是精炼的说话，跟随心信口的说话本差着些程度，加上欧化，自然要差得更多。用说话的调子读文言，不论是诗是文，是骈是散，自然还要差得多，但是比吟或唱总近于说话些。从前学习文言乃至欣赏文言，好象非得能吟会唱不可。我想吟唱固然有益，但是诵读也许帮助更大。大概诗词曲和骈文，音乐性本来大些，音乐化的去吟唱可以获得音乐方面的受用，但是在了解和欣赏意义上，吟唱是不如诵读的。至于所谓古文，本来基于平常说话的调子，虽然因为究竟不是口头的语言，不妨音乐化的去吟唱，然而受用似乎并不大，倒是诵读能见出这种古文的本色。所以就是文言，也还该以说话调的诵读为主。但是诵读总得多读熟读，才有效用，"曲不离口"，诵读也是一样道理。

诵读口语体的白话文（这种也可以称为白话），还有诵读小说里的一些对话和话剧，应该就象说话一样，虽然也还未必等于说话。说是未必等于说话，因为说话有声调，又多少总带着一些面部表情和肢体动作，写出来的说话虽然包含着这些，却不分明。诵读这种写出来的说话，得从意义里去揣摩，得从字里行间去揣摩。而写的人虽然想着包含那些，却也未必能包罗一切；揣摩的人也未必真能尽致。这就未必相等了。所以认真的演出话剧，得有戏谱，详细注明声调等等。李长之先生提到的赵元任先生的《最后五分钟》就是这种戏谱。有了这种戏谱，还得再加揣摩。但是舞台上的台词也还是不等于平常的说话。因为台词不但是戏中人在对话，并且是给观众听的对话，固然得流畅，同时也得清朗。所以演戏需要专业的训练，比诵读难。

　　写的白话不等于说话，写的白话文更不等于说话。写和说到底是两回事。文言时代诵读帮助写的学习，却不大能够帮助说的学习；反过来说话也不大能够帮助写的学习。这时候有些教育程度很高的人会写却说不好，或者会说却写不好，原不足怪。可是，现下白话时代，诵读不但可以帮助写，还可以帮助说，而说话也可以帮助写，可是会写不会说和会说不会写的人还是有。这就见得写和说到底是两回事了。大概学写主要得靠诵读，文言白话都是如此；单靠说话学不成文言也学不好白话。现在许多学生很能说话，却写不通白话文，就因为他们诵读太少，不懂得如何将说话时的声调等等包含在白话文里。他们的作文让他们自己念给别人听，满对，可是让别人看就看出不通来了。他们会说话到一种程度，能以在诵读自己作文的时候，加进那些并没有能够包含在作文里的成分去，所以自己和别人听起来都合式，他们自己看的时候，也还能够如此。等到别人看，别人凭一般诵读的习惯，只能发挥那些作文里包含得有的，却不能无中生有，这就漏了。至于学说话，主要的得靠说话；多读熟白话文，多少有些帮助，多少能够促进，可是主要的还得靠说话。只注重诵读和写作而忽略了说话，自然容易成为会写而说不好的人。至于李长之先生提到鲁迅先生，又当别论。鲁迅先生是会说话的，不过不大会说北平话。他写的是白话文，不是白话。长之先生赞美座谈会中顾随先生读的《阿Q正传》，说是"觉得鲁迅运用北平的口语实在好极了"。我当时不在场，想来那恐怕一半应该归功于顾先生的诵读的。

再说用说话的调子诵读白话诗，那是比诵读白话文更不等于说话。如上文所说，诗是精炼的语言，跟平常的说话自然差得多些。精炼靠着暗示和重叠。暗示靠新鲜的比喻和经济的语句；重叠不是机械的，得变化，得多样。这就近乎歌而带有音乐性了。这种音乐性为的是集中注意的力量，好象电影里特别的镜头。集中了注意力，才能深入每一个词汇和语句，发挥那蕴藏着的意义，这也就是诗之所以为诗。白话诗却不要音乐化，音乐化会掩住了白话诗的个性，磨损了它的曲折处。白话诗所以不会有固定的声调谱，我看就是为此。白话诗所以该用说话调诵读，也是为此。一方面白话诗也未尝不可以全不带音乐性而直用平常说话的调子写作。但是只宜于短篇如此。因为短篇的精炼可以不靠重叠，长些的就不成。苏俄的玛耶可夫斯基的诗，按说就只用平常说话的调子，却宜于朗诵。他的诗就是短篇多，国内也有向这方面努力的，田间先生就是一位。这种诗不用说更该用说话调诵读，诵读起来也许跟口语体的白话文差不多，但要强调些。因为篇幅短，要是读得太流畅，一下子就完了，没有了，所以得滞实些才成。其实诗的诵读一般的都得滞实些。一方面有弹性，一方面要滞实，所以难。两次朗诵运动都以诗为主，在艺术上算是攻坚。但是诵读只是训练技能，还该从容易的文的诵读下手。

[《大公报》，三十五年（1946）]

论国语教育

三十五年（1946）十二月二十四日北平各报有中央社讯一节：

　　台湾省国语推行委员会主任委员魏建功，就三十余年来国语教育推行情形，对记者谈：民国二年蔡元培任教育总长，鉴于新文化运动语体文亟须提倡，即开始组织国语推行机构。国语之推行，实际甚为简单，而教育行政负责者不予协助，以致困难重重，国语推行运动似已呈藕断丝连之态。实则国语推行，即在厉行注音符号。赞助有力之国语推行运动者，多为文学方面人物。我国尚无专门从事语文办理国语教育者。现在国语推行人士皆在四十岁以上，后继者寥寥。政府应切实注意之，否则台湾之国语推行，今后十年的工作干部就成问题。

魏先生这一节简短的谈话，充分的叙述了冷落的国语推行的现状。

魏先生说的三十年来的国语教育，是专就民国成立以来说的。若是追溯渊源应该从清末说起。那时的字母运动和白话运动是民国以来国语运动的摇篮。那时的目标是开通民智。字母运动是用拼音字母替代汉字，让一般不识字的民众容易学，容易用。白话运动是编印白话书报给一般识得一些汉字的民众看，让他们得到一些新的知识。前者是清除文盲，后者专开通民智，自然，清除文盲也为的开通民智，那时也印行了好些字母拼音的读物。这两种运动都以一般未受教育或受过很少教育的民众为对象，字母和白话都只是为他们的方便，并非根本的改革文字。那时所谓上等人还是用着汉字和文言，认为当然。再说这两种运动都不曾强调读音的统一，他们注重的只是识字和阅读。

民国以来的国语运动可大大的不同。他们首先注重国音的统一，制出了注音字母，现在改称"注音符号"，后来又将北平话定为标准语。新文学运动接着"五四"

运动，这才强调国语体文，将小学和初中的国文科改为国语科。后来又有废除汉字运动，又制出了国语罗马字，就是注音符号第二式，现在改称"译音符号"。注音字母和国语罗马字，标准语，国语科，都是教育部定的。究竟是民国了，这种国语运动不再分别上等人和下层民众，总算国民待遇，一视同仁。三十年来语体文的发展蒸蒸日上，成绩最好。魏先生说"赞助有力之国语推行运动者，多为文学方面人物"，大概就是偏重语体文的成绩一项而言。其次是注音符号第一式的施用，也在相当的进展。早年有过一个国语讲习所，讲习的主要就是北平话和注音字母。这字母也曾用来印过《国音字典》《字汇》和一些书报。抗战前并已有了注音汉字和注音汉字印的小学教科书。抗战后印刷条件艰难，注音汉字的教科书办不到了，但还有注音小报在后方继续的苦撑着。

　　《国音字典》《国音常用字汇》以及别的字典里除用第一式符号外，兼用第二式注音。但是第二式制定得晚，又不能配合汉字的形体，所以施用的机会少得多。加上带有政治性的拉丁化或新文字运动，使教育当局有了戒心，他们只将这第二式干搁着，后来才改为"译音符号"，限于译音用；注音字母也早改为"符号"，专作注音用。这些都是表示反对废除汉字改用拼音文字。一方面拉丁化运动者，却称国语罗马字和注音字母所表示的国语为"官僚国语"。本来定一个地方的话为标准语，反对的就不少，他们主张以普通话为标准语。第一次的《国音字典》里的国音就是照这个标准定的。后来才改用北平话，以为这才是自然的标准，不是勉强凑合的普通话。改定以后反对的还是很多。江浙人总说国语没有入声，那几个卷舌音也徒然教孩子们吃苦头。抗战后到了西南，西南的中小学里教学注音符号的似乎极少。我曾参加过成都市小学教师暑期讲习会。讲过一回注音符号，听众似乎全不接头，并且毫无兴趣。这大概是注音符号还没有经教育当局推行到四川的原故。一方面西南官话跟北平也近些，说起来够清楚的，他们也不忙学国语。再说北平话定作标准语是在北平建都时代。首都改到南京以后，大家似乎忙着别的，还没有注意到这个问题上。将来若注意到了，会不会象目下讨论建都问题这样热烈的争执呢？这是很难预测的。

我个人倒是赞成国语有一个自然的标准。自己是苏北人，却赞成将北平话作为标准语。一来因为北平是文化城，二来因为北平话的词汇差不多都写得出，三来因为北平话已经作为标准语多年，虽然还没有"俗成"，"约定"总算"约定"的了。标准语只是标准，"蓝青官话"也罢,"二八京腔"也罢,只要向着这个标准走就成。特别是孩子们向着这个标准走就成。以后交通应该越来越便利,孩子们听国语的机会多,学起来不会难。成人自然难些,但是有个自然的标准,总比那形形色色的或只在字典里而并不上口的普通话好捉摸些。就算是国音乡调,甚至乡音国调,也总可以帮助大家了解些。因此我赞成北平师范学院这回设国语专修科,多培植些"专门从事语文办理国语教育"的人才。这些人该能说纯粹的国语,还得有文学的修养,这才能成为活的自然的标准。他们将来散到各地去服务,标准语就更不难学习了。但是除此以外还有更重要的一件事,就是该快些恢复注音汉字的教科书,如能多有注音汉字的书报更好。

废除汉字在日本还很困难,在中国恐怕更难。我所以主张先行施用注音汉字。联合国文教会议这回建议"全世界联合清除文盲",我们的国语教育也该以清除文盲为首务。现在讲清除文盲,跟清末讲开通民智态度不同,但需要还是一样迫切,也许更迫切些。清除文盲要教他们容易识字,注音汉字该可以帮忙他们识字。说起识字,又来了一个问题,也在国语教育项下。标准语得有标准音,还得有标准字。这些年注意国民教育的人,有些在研究汉字的基本字汇。战前商务印书馆印行的庄泽宣先生编辑的《基本字汇》，综合九家研究的结果，共五千二百六十九字。照最近陆殿扬先生发表的意见（《文讯》新六号，《关于字汇问题》），"宜以二千五百字为度"。这种基本字汇将常用的汉字统计出来，减轻学习的负担，自然很好。但是统计的时候不能只注意单字，还该注意单字合成的词汇，才能切用。有了这种基本字汇，还得注意字形的划一，这就是陆先生所谓标准字。

陆先生指出汉字形体的分歧和重复，妨害学习很大。这种分歧和重复如任其自然演变，就会越来越多，多到不可收拾的地步。从前历代常要规定正体字，教人民遵用，应国家考试的如不遵用，就是犯规，往往因此不准参加考试。这倒不是妄作威福，而是为了公众的方便，也就是所谓"约定俗成"。记得魏建功先生在教育部召集的一个会议里曾经建议整理汉字形体，搜罗所有汉字的各种形体，编辑成书，同时定出各个汉字的通用形体，也就是标准字。但是这种大规模的工作，需要相当多的人力、财力和时间，一时不容易着手。也许还得先有些简易的办法来应急，这种得"专门从事语文"的人共同研究才成。还有，王了一先生也曾强调标准汉字，虽然他没有提出"标准字"这名称。陆先生是主张"整理国字，使之合理化，科学化，统一化，正确化，非从速厘订标准字不可"。有了标准字和基本字汇相辅而行，汉字的学习该比从前减少困难很多，清除文盲才可以加速的进展。同时还得根据标准字的基本字汇编辑国民读物，供一般应用。这种读物似乎不一定要用旧形式，只要浅近清楚就好。目下一般小店员和工人读报的已不少，报纸的文体大部分不是旧形式，他们也能够并且有兴趣的念下去。他们，尤其是年轻的，也愿意学些新花样，并不是一味恋着老古董的。

[《北平时报》，三十五年（1946）]